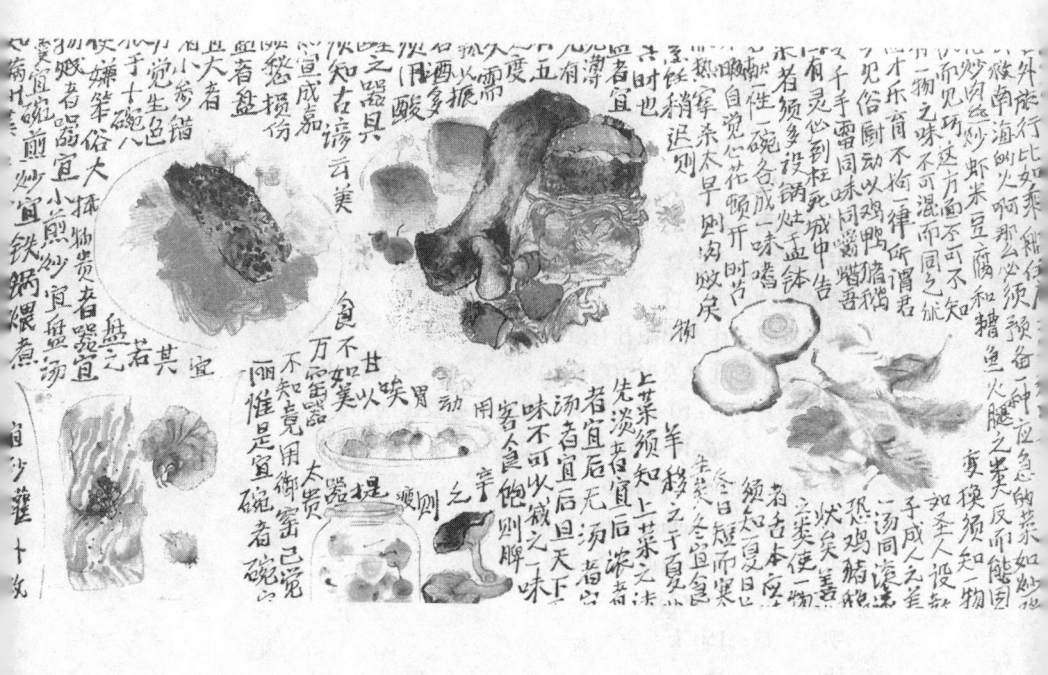

请君入席

红日 著

作家出版社

图书在版编目（CIP）数据

请君入席 / 红日著 . -- 北京：作家出版社，2023.3
ISBN 978-7-5212-2208-1

Ⅰ. ①请… Ⅱ. ①红… Ⅲ. ①长篇小说 – 中国 – 当代
Ⅳ. ①I247.5

中国版本图书馆CIP数据核字（2023）第035832号

请君入席

作　　者	红　日
责任编辑	兴　安
封面绘画（局部）	李　津
书名题字	吴震寰
装帧设计	王一竹
出版发行	作家出版社有限公司
社　　址	北京农展馆南里10号　　邮　编：100125
电话传真	86-10-65067186（发行中心及邮购部）
	86-10-65004079（总编室）
E-mail	zuojia@zuojia.net.cn
http://www.zuojiachubanshe.com
印　　刷	唐山玺诚印务有限公司
成品尺寸	152×230
字　　数	150千
印　　张	15
版　　次	2023年3月第1版
印　　次	2023年3月第1次印刷
ISBN 978-7-5212-2208-1
定　　价	59.00元

作家版图书，版权所有，侵权必究。
作家版图书，印装错误可随时退换。

目录

001	第一章	牛系列
018	第二章	龙棒
032	第三章	鱼怪
043	第四章	地羊+
055	第五章	羊酱
068	第六章	双边肠
082	第七章	铁板烧
095	第八章	腊味
105	第九章	长席宴
119	第十章	改菜单·吃豆腐
128	第十一章	醉虾
140	第十二章	千叟宴
150	第十三章	吃汤圆
159	第十四章	羊活血
172	第十五章	玉米煎饼
181	第十六章	烤奶
190	第十七章	北海猪蹄
203	第十八章	簸箕菜
213	第十九章	斋饭
221	第二十章	小年饭
229	第二十一章	营养套餐

第一章　牛系列

所有的故事，是从今天下午开始的。准确地说，是从下午两点多一点我开始在砧板上切肉的时候开始的。下午两点多一点的时候，我已开始切肉，切牛肉。有雪花肉、腱子肉、里脊肉、牛百叶、牛岗弦、蜂窝肚，还有牛腩、牛蛋、牛鞭……所有食材在中午的时候就跟绿色食品公司预订了。牛是崇山本地小黄牛，一个小时前才宰杀，腱子肉搁到砧板上时，神经还在弹跳。确实有些残忍，可动物界或食肉界无法规避。慈不掌兵，同样慈不掌勺。我们崇山这种山旮旯的人，就是这样啦，见不到摩天大厦，见不到人山人海，见不到车水马龙。唯一的优越感就是经常吃到新鲜的食物，比如新鲜的肉类、新鲜的蔬菜、新鲜的粮食……崇山人普遍寿命长，以我这个厨子浅短的眼光来看，无非就是吃新鲜的食材，呼吸新鲜的空气。除此以外，众说纷纭。

今晚的烹饪尽量简单化，核心要义是原汁原味，就是直接下炉子，吃火锅。不过牛腩牛鞭得用高压锅压一压，崇山人叫镇一镇，降服的意思。尤其是那牛鞭比蹄筋还要有筋骨，有劲道，直接下炉子是入不了口的。入了口也下不到肚子里去，得先让它服软。然后再红烧或者生焖或者白切或者凉拌，都行。

具体哪些人出席晚宴，阿流没讲。阿流是昨夜十一点才给我电话，预告今晚"阿流家宴群"有新群员入群。夜里阿流来电，群里的人一般不当回事，因为他一旦喝高了就会逐个跟我们通话。第二天早上再跟他确认通话事项，他竟然全部"翻供"了，说是他远在伊犁的外孙打的，与他本人无关。昨夜通话时，阿流首先声明，他没有喝酒，并暗示我新入群的群员是个重量级人物，同时明确了晚宴的菜肴——牛系列。若是从菜肴名称去理解，来客自然都是牛人。当然，也不会再牛到哪里去了，都是阿猫阿狗了。阿猫阿狗，什么意思呢？就是都退下来了的意思，就是都退休了的意思，就是小时候叫什么现在就叫什么，都返璞归真了。以前什么局长处长科长统统还回去了，不复存在了。若要正正经经再提一下那些头衔，则是在另外一个场合了。什么场合？你懂的。哥们儿今天不谈这个话题，谈烹饪。

给我当下手的阿兴，嘲笑我切肉像切烟丝一样慢。我承认，我的刀工是跟我爷爷学的。不过我爷爷不是厨师，是烟农。

阿兴退休前是医院院长，外科医师，号称崇山一把刀。他笑我动作慢，其实他比我还慢。所幸今晚没上白切鸡，要是让阿兴弄一只鸡，全桌人就得泡铁皮石斛耐心地喝着等了。阿兴弄一只鸡是当作一台手术来弄的，仿佛不是把鸡杀死而是将鸡救活。

阿兴自称他的厨刀和手术刀一样了得，拿手好菜是白切麻雀和鸟活血。白切鸡、白切鸭、白切羊、羊活血、猪活血我听说过，也能做。白切麻雀、鸟活血这两道菜我没见过，更没听说过。必须承认，一个人的知识和能力是有限的。

所以嘛！阿兴说。

这是阿兴的口头禅，是降服他人后的自豪。

阿兴对我这个曾经的县政府招待所主厨，总有些不服气。不就是为首都来的大领导做过两餐饭嘛，有什么可神秘的！可阿兴他也应该知道，这两餐饭也不是什么人都可以做的。不过这是机密，还没到解密的时候，我需守瓶缄口。

晚宴预定时间是六点，六点未到客人已陆续来到。

退休后的生活最大的变化是，所有时间都提前了。睡觉时间提前了，起床时间提前了，吃饭时间提前了。脚步不是慢了反而快了，一切都只争朝夕，一天都想当作两天来过。

和以往一样，阿明最先来到。每次来到之后，阿明要将已上桌的熟菜品尝一遍，然后加以点评，盐咸了，或是大料多了抢味了。为此阿兴又给他取了个绰号叫品鉴师，在此之前他已有个绰号叫黄喉貂。

阿明退下来快一年了，退前是农行行长，在行长这个岗位整整干了十五年。阿明其实还没到退休年限，上面不给他干行长了就干脆办了退休手续。这也好，省得继任者瞻前顾后，自己也眼不见为净。阿明的退休宴，是我去弄的菜。宰了一只山羊和一头野山猪，计划八十桌，结果满打满算只来了八桌。阿明以前经常讲一句话：县长爹死八十桌，县长死了来八桌。没想到这个数据竟然出现在他的退休宴席上，为此他上火好长一段时间。脸上长满了痘痘，仿若回到当年烦躁不安的青春期。

今晚主要是吃火锅，先上的是生料。生料没煮熟之前，就是动物的尸体。阿明无法品鉴，就在自己的位子上坐着抽烟。他坐下没多久，客人就到齐了。各人的座位是相对固定了的，是各自习惯坐的位子。新入群者座位需要重新确定，果然有一人站着，面孔有些熟，但一下子想不起是谁。我退休后，记忆开始出现短路，手机密码都不敢设。小声问了邻座阿兴，方知是甫局。当然不再是甫局，是阿甫了。阿甫上个星期才从市公安局副局长的位子上退下来，我也就明白今晚宴席的主角——新群员阿甫。

阿甫叉着腰立在酒柜前，像以往亲临案发现场一样。

他问阿流，我给你那两瓶酒摆在哪里？

阿流用手指着前方，左上角那里。

我们顺着阿流手指的方向看去，是两瓶内参。

阿甫有些遗憾：这么名贵的酒，居然摆到角落去了，不会是我退休了酒也移位了吧？

你退与不退，都是在那个位置。

回应阿甫的是阿贫，他指着同一个方向：我那瓶XO也摆在那里。

阿贫是个作家，是"阿流家宴群"里唯一没有真正退休的人。阿贫说作家是没有退休的，除非他不写了或写不出来了。年初退休后，阿贫被返聘继续任职，聘任时间为三年，相当于干到副厅级的年限。阿贫退休前是二级巡视员，职级或待遇相当于副厅。他姓蓝，有时喝高了我们叫他蓝厅。他马上纠正过来，餐厅的厅。

阿甫不屑一顾道，你那瓶多少钱？都不到我的零头。

阿贫说，我那瓶可是从太平洋彼岸，漂洋过海而来，光飞机票都可以买你的两件。

阿甫责怪阿流：你这个建筑老板，不懂摆设，不懂价值。

阿流回道，我是不懂摆设，也不懂价值，我只懂酒。你给我老茅，我摆给你看看。

有人还在观望，似乎在等待阿甫发号施令，将那两瓶内参取下来喝了。这当然是不可能的事情，主家酒柜上的酒只是摆设，通常是不会拿来招待客人的。

作家阿贫坐到主位上，招呼大伙入座。将阿甫引到他右边手的位子上，那是属于贵客的位子。它同时也是机动的位子，是全桌唯一没有明确固定的位子。在全桌没有满员的情况下，它都是空着或虚位以待。今晚这个尊位，属于阿甫。

都说圆桌没有主位，没有主次之分，其实是有的，不可能没有的。宴会厅里那张大大的圆桌，就是主桌。主桌上，那张被卷成条状的红色餐巾，它高高耸立的地方就是主位。

阿流家的圆桌，主位不是主人的位子。具有家主和群主双重身份的阿流，从来不坐主位。圆桌边的他，有点像酒柜上的那两瓶内参，远远地躲在一角，不动声色或默默无闻。在阿流看来，所谓的主位，就是主讲的位子。当然，也顺便当主持招呼客人。让阿贫当主讲，符合他的身份。所谓主讲，就是故事的主讲人。阿流家宴上的每一个故事，就是一道佳肴，与满桌美味相得益彰，相辅相成。阿贫当仁不让，主动担责。他还强调，讲故事是要看对象的。给孩子讲故事，是为了哄他们入睡；给大人讲故事，是为了让他们醒来。阿贫说这话不是他讲的，是那个阿谢，叫赫尔曼·谢勒的老外讲的。

当然阿贫也不总是坐主位，宴席偶尔来了在职在位的领导，他就会主动自觉让位。他说人贵有自知之明，同时他深知主位对于领导的重要性和渴望性。

阿甫没有马上入座，而是沿着桌边一一与大伙握手。一边握手一边说，请多关照！回到座位，将手伸向阿贫：我们也握一下吧。

阿贫熟人似的潦草地碰了一下阿甫的手，对众人说道，赫鲁晓夫退休后，他的孙子在学校里被校长问起爷爷的情况。孙子告诉校长，爷爷赫鲁晓夫一天在家里哭。阿甫说，我想哭都没有资格，级别不够啊，级别不够哭都没有眼泪。

小火锅一人一只，是右边手的那只（左撇子有些不方便）。小火锅里的汤，是大骨头高汤。各人爱吃什么，自己煮。雪花肉、腱子肉切得很薄，在汤里滚三下就可以了，这叫"三滚"。牛百叶只能一滚，三滚就老了。蘸料自己配，蒜泥、姜末、香菜、辣椒、腐乳、生抽、蚝油、芝麻酱……样样齐全。

阿甫夹两片牛蛋煮了，往装生料盘子瞄了又瞄：牛鞭呢？

我说焖了，就将焖牛鞭的石锅转到他前面。

阿甫说，可惜了，应该下炉子。

我听说过猪蹄下炉子，牛鞭下炉子第一次听说，也没尝试过。阿贫安慰我说，别介意，他不是故意找茬，他是在炫耀他的狼牙。

阿甫说，炫耀也是向同类炫耀。他指着牛岗弦：这个应该跟黄豆一起炒，吃火锅吃不出味道来。

黄豆炒牛岗弦，是崇山大排档顾客经常点的一道菜。这道菜我会做，而且是我的拿手菜。我说，下次吧，要不我现在就给你炒。阿甫按住我的手，夹一块白切蜂窝肚，停在半空：蜂窝肚不能切得这么小。他伸出一巴掌：起码得这样大，这样才有嚼头。

个人自由交流相互敬酒之前，头三杯酒要集体喝，统一喝。

阿贫端着酒杯站起来，我提议，为阿甫光荣退休、顺利升级（当了爷爷）、开心入群连干三杯。

杯是牛眼杯，一杯一两。酒是崇山本地的黄酒——宏慧黄酒，不到三十度，最多二十五度这样。连干三杯后，阿贫请阿甫发表退休感言。

阿甫责怪道，早点提议，我就不用再一次站起来，多繁琐。

阿贫说，鲁迅讲过，当奴才习惯了，站都站不起来了。

阿甫瞪了阿贫一眼，作家当久了，话都不会讲了！然后言归正传：最近朋友圈有一首打油诗很火，我念一下，算是我的退休感言，人生路上急匆匆，走快走慢不由衷。古人曾见今时月，今月难照古时翁。时间一刻也不停，变老就在每分钟。多少英雄今不见，多少将相去无踪。多少美女花容谢，多少俊男老来尿。若问人生怎么过，形形色色各不同。有人高贵有人贱，有人睿智有人庸。有人先贫后得福，有人富后落魄终。有人勤善终有报，有人累死老来穷。有人一生糊涂过，有人精明一世聪。不足百年人生路，何去何从算成功？沉浮起伏谁来定，三分在命七分功。功成名就德不配，到头也是一场空。人生有忧亦有喜，历尽甜苦和吉凶。少年不识老滋味，赤膊撸腿往前冲。年高老迈当歇息，思想胸怀应开通。求乐求健求平安，喜观山水乐看松。人生暮年逢盛世，养老延寿看昌隆。夕阳虽短开心过，待到百年含笑终。阿甫说，落款是联合国退休办。掌声平息后，阿甫说既然大家这么热烈，那我再讲一句，世界是你的也是我的，归根结底是属于活得久的。为此我提议，大家能干就干，不能干请便。大伙你瞅我，我瞅你，都在犹豫或掂量。结果都仰起脖子一口干了，并且动作一致，节奏一致。

群主阿流降低火锅挡位，用筷子将锅里煮熟了的腱子肉捞到碟子里。一面捞一面提醒阿贫：酒过二巡了，你该讲故事了。阿贫提为二级巡视员后，阿流就在宴席上将俗语"酒过三巡"改为"酒过二巡"。

阿甫在啃一块红烧蹄筋，瞄了阿贫一眼：开始吧。

阿贫像观察食材一样观察阿甫的脸：按照规矩，每一个新故事都要从新入伙者身上开始，你不介意吧？

阿甫说，不介意，你讲。

那我就开始讲了，阿贫说，大伙晓得阿甫是怎么当上警察的吗？有人埋头，大部分抬头。阿贫以稳妥的态度，再次征求阿甫的意见：可以讲吧？

阿甫说，随便你讲。

阿贫于是就从阿甫的"秘史"开始讲起，相当于介绍阿甫的简历。

很多警察都是科班出身，阿甫不是，他是半路出家。那一年，崇山公安局到东方红片招录警察。招录的办法不是笔试，也不是面试，而是举办一场青年篮球赛。我们的阿甫受邀参加了球赛。阿甫身高、体能出众，球技却不怎么样。这怪不得他，他不是体育专业，不是篮球专业。他什么正规专业也没有，只会哼唱几声。阿甫球技不行，球风也差。他在场上搞小动作，就是使绊子，连续绊倒了对方三个球员。第三个球员被绊倒后和阿甫扭打起来，阿甫又将对方绊倒了。幸亏裁判员及时化解冲突，终止比赛。那场球赛后不久，阿甫由一名村文艺队演员变成了一名警察。录用的理由是，会武功，擅长擒拿格斗。

全桌像球场终止比赛寂静下来，各人小火锅里水沸的声音都能听得见。我急忙往阿甫的小火锅里添加汤水，他的火锅快要见底了。

阿甫咽下嘴里的肉，用纸巾擦了擦额上的汗珠：讲完了没有？

阿贫说，讲完了。

阿甫说，故事真实，没有虚构，特殊年代有特殊的招录办法。不过我要补充一点，有人说那次别开生面的招录是专门为我一人设置的，其实不是。那场球赛确实是为发现警察苗子而举办的，后来招录也不止我一个人。

在阿流家宴上，凡是被阿贫披露"秘史"的人，没有不胆战心惊、面红耳赤的，不过从未有任何人因此翻脸或反目成仇。在阿甫之前，我们这个"阿流家宴群"里的成员的"秘史"都被阿贫披露过了。就连我这样的厨子，也让他"披"得有根有据，有声有色。原以为像我这样的厨子是没有什么"秘史"的，而我也坚定地认为我确实没什么"秘史"，没想到阿贫还是给我披露出来了。他说阿杰缘何成为招待所的大厨呢，就是因为一只鸡，一只白切鸡。那次阿杰为重要客人做的白切鸡，味道特别好，得到了重要客人的首肯。其实阿杰做白切鸡也没什么特别的招数，他只不过杀了鸡拔了毛后来不及清理鸡肚子里的东西就把整个鸡一锅煮了,直到切块时才发现问题。没想到这一严重的遗漏,竟然烹饪出了美味,一种原始的味道。后来我慢慢地追忆,我以前确实有这样的遗漏,但并不是阿贫所说的某次重要接待,而且我也不是每次都遗漏。不过我和大伙一样,都对阿贫的披露心悦诚服,诚心接受。

阿甫用手遮着嘴巴在剔牙,剔得一丝不苟。阿流在旁边看了说,看得出来,阿甫的一口好牙与他的爱牙护牙密切相关。阿贫说他哪里是护牙,他是在磨牙,磨刀不误砍柴工。

你们晓得阿贫差点挨卵的事吗?阿甫突然道。声音不大,像一片腌制好了的雪花牛肉,嗞的一声粘到铁板上,弥漫出一种诱人的香味。"挨卵"是崇山地区的方言,相当于"出事"的意思。在崇山方言里,出一般的事情叫"挨卵",出重大的事情叫"挨大卵"。

原来阿贫也是有"秘史"的,我们的"秘史"都让他披露了,就是没有人披露过他的"秘史",这不公平。眼下火锅吃得差不多了,要转移到铁板烧的环节上。阿甫的话题,正好赶上这个时间节点,让人兴奋且充满期待。

可以讲吧?阿甫征求性地拍着阿贫的肩膀。

随便你讲,阿贫说。

阿甫的讲述像案件陈述。

起因是阿贫写了一篇叫《深夜没人叫我回家》的小说。小说写什么呢?光看题目就知道了。深夜不回家,去干什么呢?肯定不是干好事去了。小说发表后,在机关干部及其家属中引起强烈反响,不少交流干部当作案例教材读了。作为交流干部的家属,阿贫的夫人周某方也读了,据说读了三遍。某个周末阿贫回家，深夜里周某方让他交代小说中的主人公是谁，阿贫说小说是虚构的。周某方说你别把我当傻瓜，我觉得这个主人公就是你。阿贫被逼无奈，只好搬来救兵。他先打了小说原发刊田某总的电话。田某总那晚刚喝了一瓶五十年的丹泉，睡得正酣，被一个电话吵醒，自然很不高兴。没等阿贫表述清楚就打断他，你让我跟弟妹说。田某总在电话里跟周某方说，小说主人公一般都是有原型的……周某方一听就抓住阿贫的睡衣领口。阿贫再打电话，这回打给他的文联上司东老师。东老师说，我跟嫂子解释吧。东老师就跟周某方说，小说源于生活，而高于生活。周某方对这句话虽然不是很理解，但她认为原型和生活是同一个意思，就是一对孪生兄弟。东老师的这句话，就是在田某总那句话的基础上做了归纳和提炼，反正都是肯定。阿贫没想到，周某方竟将一纸状文连同小说样刊寄给纪委，反映阿贫生活作风有问题，请求组织挽救他。纪委办案人员首先对小说进行了一番研究，分析比对，又到阿贫单位走访谈话，然后把阿贫找去了，对他说，这样的小说以后少写点，免得引起不必要的麻烦。最后纪委给周某方做了答复，阿贫作风问题查无实据，小说情节与实际情况不符。我们已严肃教育你爱人，今后不再写类似的小说了。

　　以往阿贫讲故事，我们都是一面吃一面听。这次第一次听阿甫讲故事，大伙都停止了咀嚼，包括当事人阿贫本人。

　　阿贫说，讲完了没有？

　　阿甫说，讲完了，有何感想？

　　阿贫说，你入错行了，你应该当作家才对，你的思维像闪电一样敏捷。

阿甫说，我也写小说，你就没饭吃了。

阿贫端起酒杯：这杯酒无论如何你得喝完。

阿甫凝视着他：肖洛霍夫同志，听说您喝酒太多？

阿贫回道，乔治大叔，这种生活怎能不让人一醉方休呢！

门铃响起，阿流下去接上来一个人，是德根，小名叫阿弟。

阿弟年纪比我们小一截，却常以老江湖自居。虽然他那"德"字辈，也属于"阿"字辈之列，但还不是真正的"阿"字辈，也就是说，他的这个"阿"，不是"阿流家宴群"里我们这些老资格成员辈分的"阿"。

大年初六"阿流家宴群"成员一起吃饭时，阿弟还在发改局，现在已到财政局了。再翻一年前档案，阿弟待的是国土局。两年多三年时间，他已换了三个岗位。阿弟说财政局应该还不是最后一个岗位，政府办主任德健有点疲沓，组织可能要考虑他了。阿贫说他，你就不能谦虚一点。阿弟说我已非常谦虚了，但组织用人肯定要用能干的人。阿弟的能力是不是和他的酒量一样卓著，我们不清楚，我们只清楚他跟阿继的关系非同一般。阿继是谁，就是崇山一把手，我们本来不应该叫他阿继，叫他老岑。可一旦跟我们坐到餐桌边来，就都是阿猫阿狗了，就都是"阿"字辈了，没办法。

我们的宴席一开始都是不满员的，但后面总是"超编"，因为在晚宴的过程中总是不断有阿弟这样的人加入进来。事先没有预约，往往途中一两个电话，一帮人就过来了。今晚阿弟本来在另一个饭局上，他的心却在我们这边。他问阿流开始讲故事了没有，阿流告诉他讲了，讲两个了，阿弟就急忙赶过来。阿弟不图我们的酒我们的菜，只想听我们的故事。

阿弟坐下来后对阿贫说，把刚才的故事复述一遍。

阿贫说，你以为是旧饭旧菜可以微波，可以回锅。你问阿甫，要是他同意的话，我可以再讲一个。

阿甫说，你讲嘛。

阿贫本来就有料了，张口就说，有一次阿甫也差点挨卵了。

阿贫的开场白和阿甫一样，同样吊人胃口。

二十多年前的一个冬夜，凌晨时分，阿甫独自开一辆北京吉普从乡下返回崇山县城。来到城郊一个叫"桥下"的地方时，阿甫踩了一个急刹，路面上横卧一根木头。高度警惕的阿甫意识到，自己遭人伏击了。他下意识地摸了腰间，操！腰带上是空的。早上出门太匆忙，家伙没带上。三个影子蹿上车来，车下那个将木头移开后，蹿到副驾位上。阿甫瞄了他一眼，面熟，原来是阿叔，崇山大名鼎鼎的阿叔。阿叔当然是绰号，本名叫德录，小名叫阿七。除非他爹，别人若叫他德录，他是不会应答的，叫他阿叔他才应答。叫久了，他就成了崇山人的叔，也就家喻户晓了。阿叔当时还没认识阿甫，认识阿甫是在一个小时之后。阿叔看也没看阿甫，就说麻烦兄弟送我们几个回家一趟，我让你开到哪里你就开到哪里。

阿甫纹丝不动：你也不问问我是哪个。

阿叔似乎没听见，嘴里却说，这话应该是我讲的。

突然，一截冰冷的东西，顶着阿甫的后脑勺，职业的敏感让他感觉到是一支手枪的枪管。

阿甫的第一反应是夺过那支枪，冷静让他选择启动马达。

车子来到山脚下的一个村子，阿叔说到了。

阿甫说，好事做到底。

遂将他们一一送到家门口。

阿叔是最后一个送达的，车灯照在一栋别墅大门上。

阿叔主动伸过手来：辛苦兄弟了，谢谢你！

这句道谢没能动摇阿甫的初心，出到路口他立即拨通刑侦大队值班室电话。二十多分钟后，几十名全副武装的警察出现在村里，轻而易举地将阿叔他们四个抓着了。

上车时，阿叔见到阿甫，咧嘴一笑：大水冲了龙王庙。

后来……阿贫说到这里戛然而止，估计是想让阿甫自己补充。

阿甫没有补充，倒是阿明补充了。阿明说，阿叔只关了一晚就出来了，这件事我比哪个都清楚。

阿明当然清楚了，崇山人哪个不晓得阿明是阿叔的财神爷。阿叔从阿明那里贷到款后就放高利贷。所以，阿叔还有一个绰号叫"老高"。崇山人一提到"老高"，指的就是阿叔。当然，阿叔现在已不是当年那个打打杀杀的小混混，是个大老板、企业家了。崇山房地产百分之七十是他的，采石场三分之二是他的，破产企业、公司都是他收购的。

显然阿贫对阿明的补充并不满意，或者阿明的这个"后来"并不完整，他需要以正视听。

阿贫说阿甫当了刑侦队长后，又抓过一次阿叔，这回案卷移交到了检察院，后来还是放出来了。再后来，阿甫交流到外地任职，案件从此无人过问。阿甫上任前，阿叔专程到他办公室去道喜，祝阿甫吉祥如意，步步高升。阿甫还惦记那支枪，他建议阿叔还是交上去为好。

阿贫问道，有这回事吧？

阿甫说，有这回事。

所以嘛，阿兴说，有些人命硬，抓不得的，抓了也得放了。

不见得！阿甫一掌击在餐桌上。

阿流让电磁炉通上电，冷却的铁锅重新冒出热气。他用勺子将牛鞭分到各人的碟子里，督促大伙吃肉，吃肉，吃肉，这是阿叔的肉。

阿明更正道，不是阿叔的肉，是阿叔绿色食品公司的肉。

阿甫有意缓解一下气氛，他说我给你们讲一个关于牛鞭的故事。故事发生在上个世纪六十年代中期，一帮"老右"在坡岭上造田造地。那天，生产队摔死了一头公牛，肉都分给了群众，"老右"们分得一些牛杂。中午，"老右"们在坡顶上架起铝锅炖牛鞭……

门铃再次响起，阿流起身说道，等我回来再讲，说罢就下楼去接人了。

阿流家什么都好，就是客人进出不方便。崇山县城好多家都装自动门了，阿流就是不装。他乐于跑上跑下，自己把自己跑成了旧时的一个跑堂。

阿弟催促道，别等他，接着往下讲。

阿甫说，快到开饭的时候，负责看火的人回来，发现炖牛鞭的铝锅不见了。"老右"们闻讯赶回搜寻，在四周找了半天，怎么也找不见铝锅。垂头丧气的"老右"们，只好派一个代表到大队民兵营去报案……

阿流上楼来，他身后跟着一个人，阿叔。就是前面故事讲到的那个冬夜里的阿叔、崇山大名鼎鼎的阿叔、本名叫德录小名叫阿七的阿叔，就是"差点让阿甫挨卵"的阿叔。崇山有一句俗语：晚上强盗讲不得，讲了强盗登门来。前面刚刚讲到阿叔，阿叔果然就来了。

和阿弟一样，阿叔也是从另一个饭局赶过来的。过后阿流专门有个口头情况说明，当时他下楼开了门后才发现是阿叔，他拒绝阿叔上楼，因为阿叔喝了很多，浑身酒气。这种情况下突然见到当年抓捕他的阿甫，会不会发生过激行为，很难评估。他告诉阿叔，楼上有生人，你不便上去。旁人的话阿叔素来听不进耳朵，何况还喝了酒，他一把推开阿流就上楼来了。

近距离看阿叔，才发现形容他那魁梧的身材，"膀阔腰圆"之类的形容词都远远不够，或者说难以恰如其分，他简直宽硕得像一扇门板。

阿叔第一眼看见的是阿明，像客户夜里找到ATM自动取款机一样，乐呵呵地直奔阿明而去。阿明挪过旁边一张椅子，让阿叔坐下来。阿叔端起阿明的酒杯，闻了闻：喝这个啊，烂纸（方言，没出息）！我马上叫人送一件老茅来。阿弟没好气道，今晚先喝这个，下次喝你的老茅。

阿弟的兴趣还在那只炖着牛鞭的铝锅上，他问阿甫，"老右"们报案后，锅头找到了没有？阿甫说，民兵营长背着美三零（步枪）来了，他站在架锅头的地方，用力地抽了抽鼻孔，然后弯腰朝边坡慢慢走下去，在半坡的一凹处发现⋯⋯

捕快，原来是你呀！

阿叔终于发现了阿甫，他站起来，竭力稳住摇摇晃晃的身子，端着满满的一杯酒，来到阿甫跟前：捕快，二十多年不见了。

阿甫迎着阿叔站起来，浑身体现一种训练有素的霸气或职业性。面对二十多年前侥幸逃脱的对手，他那双睿智的眼睛里充满了冷静或平静。仅凭那双眼睛，足以胜任他曾经的工作和即将迎来的挑战，他绝对是一名出色的"捕快"。

阿叔说，捕快，这杯酒无论如何要敬你了。

阿甫说，对不起！我今晚已够量，不能再喝了。

阿叔说，那就喝半杯。

阿甫说，半杯也喝不了。

阿叔说，真的不喝？

阿甫说，真的不能喝了。

阿叔说，面子都不给一个？

阿甫说，不是不给面子，是我的身体不允许我再喝了。

这样啊！原来你要克货（方言，死亡）了。阿叔弯着健硕的腰身，一字形地将杯子里的酒均匀地倒在阿甫前面的地上，说道，捕快，你不喝就算了，反正我已敬你了……这就过分了，不但过分了，而且恶毒了。餐桌上所有的小火锅都没了声息，仿佛已关了总闸。

阿贫脸色煞白，他来到阿叔跟前，你怎么能这样呢！阿叔摊开两手，歪斜身子靠在椅背上：我本来就是这个样子，怎么了？阿贫气得嘴唇直哆嗦，竖起的食指也跟着哆嗦：你这是作死，你信不信……阿甫将阿贫挡到一边，跟大伙说，对不起！失陪了，你们继续，我还有五公里的路要走。说罢拉着阿贫下楼去了。

第二章　龙棒

晚宴原先定在阿贫家，下午三点阿流通知地点改到阿甫家，说是阿甫临时动议。阿甫将职场的作风延续到家里来，我们有些不适应。当然，阿流家宴不是说宴席设在阿流家才算，而是"阿流家宴群"成员出席或者宴请的宴席，统称阿流家宴。

阿甫的解释是，去阿贫家吃腊味，不如来他家吃龙棒。龙棒，就是猪血肠。过去上不了桌面，现在变成了土特产，可能还要被列为非遗。不过崇山的龙棒确实很有名。来到崇山的外地人往往要带走两样东西，一样是崇山的粽子，另一样就是崇山的龙棒。

做龙棒，我有祖传秘方，母亲传给我的。主要是猪血、猪网油、大米饭、玉米粉这几样东西要搭配合理，恰如其分。尤其是玉米粉一定要炒过了，炒得焦黄香喷喷的。配料主要是野山姜。有野山姜就够了，其他香料在野山姜面前索然无味。花生米也要炒了，然后捣碎去皮。煮龙棒的技法和过程也很关键，锅底要垫一块蒸锅的箅子（笼屉）或者芭蕉叶，防止龙棒粘锅，不然就会煮成一锅糊糊。火势一定要温和，不急不躁，像古稀老人的脾气。冲动是魔鬼，猛火也一样，它会把龙棒煮爆了。吃龙棒是个小概念，它还有个大概念。大概念就是吃猪肉。所以在崇山，若是有人邀请你去他家吃龙棒，十有八九是他家劏猪了。崇山人不说杀猪也不说宰猪，说劏猪。吃龙棒，其实就是吃猪肉。

阿甫今天劏的这头猪，是一头野山猪。当然，是人工饲养的野山猪。崇山人给"野"的定位是，只要将它从笼里圈里栏里放出来，它还回归山野，那就是野的。按照崇山人劏猪吃龙棒的传统吃法，全是白切系列，白切五花肉、白切后腿肉、白切猪头皮、白切猪蹄、白切猪肚、白切猪肝、白切猪舌……剩下的生肉切好分包。宴席结束后，一人一袋拎回家。在崇山，要是有人邀请你到他家里吃龙棒，那绝对是幸福时光——吃不了还可以兜着走。

阿贫坐到圆桌边，幸福地将满桌菜肴睃巡一番，如此美味是要喝老茅的。说着从裤袋里摸出一只破瓶器，那是茅粉的标配。

阿甫说，我没有老茅，只有内参。

阿贫说，我不信，你开贮藏室给我看看。

阿甫还真带他到贮藏室去看了一番，果然没有一瓶老茅，阿贫只得把破瓶器放进裤袋。

出席宴席的人员名单，阿甫事先已圈定了，由阿流负责通知。阿流这边有阿贫、阿林、阿云、阿兴、阿弟和我。按照惯例或礼节，阿甫首先给我们介绍他邀请的贵客，他们分别是：崇山原检察长，后调任省反贪局的阿强；崇山法院原院长，后交流到外地任职的阿蒙。阿强和阿蒙先后站起来，抱拳向我们致意。阿贫指着阿甫：加上你，公检法三长，全部到齐。

阿强和阿蒙退休后，在桂城安了家，大部分时间住在桂城。时不时回崇山县城跟大伙聚聚，崇山县城是他们家的后花园。没错！崇山高铁站站口就有一块广告牌，上面写着：崇山，桂城的后花园。

当然不止阿强和阿蒙，除了我和阿流以外，阿贫、阿甫、阿兴他们也随子女在桂城安了家，只不过他们的大部分时间待在崇山县城。理由是崇山县城的夜生活比桂城有韵味，有独特的韵味。关于崇山县城的夜生活，阿贫就专门帮阿继他们写了一句广告词：把你的夜交给我，把我的夜与你分享。

我们这边人马中的阿林、阿云，曾经和阿强同一条战线，今年任职年限到了才从检察系统转到人大和政协。最近他们刚递交了退休表格，赋闲在家，一面研究美食，一面等待正式退休通知。

有一次，在阿流家，菜刚端上桌，阿林、阿云迫不及待地把每道菜都尝了一遍。阿弟实在看不过去就劝道，别把菜搞得乱七八糟的，等到阿继来了，品相不雅观。

正式入座后，阿林阿云不见了。原来他俩经常被阿继当众训示，两人见到阿继就像老鼠遇到猫一样。一听阿继要来吃饭，连皮鞋都顾不得换上，穿着阿流家的拖鞋急忙溜之大吉。

阿弟嘴里咀嚼着猪头皮，含混不清地问阿甫，那个民兵营长在半坡那里找到锅头没有？

阿流说，你啊，念念不忘那根牛鞭。

阿兴说，念念不忘是好现象，这正是衰老与否的参照。

阿流问,何以见得?

阿兴说,阿弟还关注牛鞭,我们几个有哪个还关注,都不关注了,废了嘛。

阿弟说,我只关注上个世纪六十年代的牛鞭。

大伙的注意力一下子又集中到上个世纪六十年代的那天中午,阿甫不紧不慢地给出案情结果。

民兵营长在半坡一凹处,发现沾满黄泥巴的铝锅,铝锅旁边卧着那根膨胀的牛鞭。民兵营长最后得出结论,牛鞭在炖煮的过程中不断膨胀、翻转、冲撞,导致铝锅不断移位,最终滚下边坡,排除了"地富反坏右"偷牛鞭的猜测。

两场宴席,阿甫精心设置下来的悬念,被阿强一口否定:这个算什么案情!不过他从阿甫身上又找到了话题。他说,你当年办的第一个案子才精彩。

阿甫说,我晓得你想讲什么。

阿强说,那你自己讲吧。

阿甫说,你要讲就讲呗。

可以讲吧?

随便你讲。

阿强于是就讲了。

当年阿甫穿了上白下蓝公安制服后,先从基层派出所民警干起。有一天,派出所抓到一个犯罪嫌疑人,这个犯罪嫌疑人非法捕杀一只黄喉貂。黄喉貂和果子狸一样,属于国家野生保护动物。审讯时,阿甫不晓得黄喉貂的学名叫什么,怎么写(平时大伙谈论黄喉貂,使用的是崇山方言,至于黄喉貂学名或官名叫什么汉字怎么写,大伙确实都不懂)。他就在笔录上写道，非法捕杀一只野兽，括弧，阿明。

　　大伙一听，哈哈大笑。有人扭头看周边，没见阿明的影子。往昔宴席最先到场的阿明，今晚没有出现在受邀名单上。

　　阿强说案卷送到他这里，他看笔录后百思不得其解，只能电话向阿甫求证。这只野兽到底是人还是野兽？如果是人，那是人命案。如果是野兽，为什么要括弧标注阿明？阿明跟这只野兽有什么关联？阿甫道出真相，阿明绰号叫什么，那只野兽就叫什么。阿强说我晓得阿明绰号叫黄喉貂，你干脆写黄喉貂不就得了，干吗要括弧阿明。阿甫说我要是晓得是黄喉貂，晓得写黄喉貂，我就不用括弧阿明了。

　　看阿强说得正欢，阿蒙给他泼了一盆冷水：你阿强的文化也没高到哪里去，你有一份起诉书，描述一个犯罪嫌疑人"得跃"地跳过墙去。我是看了半天，也没看懂"得跃"这个词语是什么意思。你现在倒是说说，"得跃"是怎么样的一种动作？

　　阿强在原地做了一个跳跃的动作，他说那个犯罪嫌疑人身怀绝技，会轻功，三米高的围墙，他一跃而过。阿蒙说，那你要在起诉书上说明一下嘛。害得我翻了几天《辞海》《辞源》，怎么也找不到"得跃"这个词。席间再次发出一阵哈哈大笑声。阿贫说，这哪里是故事会，这是民主生活会。红红脸出出汗，揭批到位剖析也到位。阿强问他，大作家，这样的故事情节你想象得出来不？阿贫承认道，想象不出，打死也想不出。

　　阿强说，不是我们文化水平低，是现实生活太丰富多彩了。原有的词汇已跟不上时代的发展，词典里应该加上"得跃"这类词语。

　　阿贫说，刚才阿甫对阿蒙的介绍，太简明扼要了，我补充一下。他问阿蒙，可以补充吗？阿蒙说，当然可以。阿贫说阿蒙在丹县当法院院长时，专门从法警大队挑选两名保镖日夜轮流跟着他。为什么？当地矿老板给他送钱他不要，就威胁要对他下手。那一年，丹县发生了轰动全国的矿难事件，公检法三长中的两长锒铛入狱，阿蒙安然无恙。阿蒙说，矿难有，保镖没有。保镖是你们这些作家，添枝加叶上去的。

和在阿流家杯杯见底不同，阿甫不劝酒，说哪个能喝就喝，不勉强，喝多喝少各人自量。这就有点像鸡尾酒会的场面了，三四个人站在那里聊了半天，一小杯酒就是喝不完，嘴里飞出的唾沫比杯里的酒还要多。阿蒙拍着阿贫的肩膀：还是你潇洒啊，文章千古事，纱帽一时新。君看青史上，官身有几人。李大人有一副对联，写得蛮有意思。享清福不在为官，只要囊有钱，仓有米，腹有诗书，便是山中宰相；祈寿年无须服药，但愿身无病，心无忧，门无债主，可谓地上神仙。阿贫说这副对联，是专门为你这样的人量身定制的。对联中的人生境界，你都达到了。阿蒙说，本院虽不这样认为，不过我确实吃得香睡得甜，尤其是睡眠质量特好，头一挨到枕头就睡着了。

阿强过来岔开话题，问阿甫，听说最近有人跟你撒野？

阿甫说，给我祭了一杯酒，让我到天堂去喝。

阿蒙问，哪个？

阿贫说，阿叔。

阿蒙说，他胆敢这么做？

阿甫说，做就做了呗。

阿蒙问，阿叔现在都做些什么？

阿强说，什么都做，主要是放高利贷。崇山有一年兑现不了农民工工资，阿继亲自出面，跟他贷了八千万。

阿蒙说，当年案卷不是送到你那里了吗，怎么撤了？

阿强说，你这是明知故问，当年我就是诉到你那里，你也判不了，当时的情况你又不是不懂。

阿甫指了指后脑勺，这些年来有一样东西，一直抵着我这个地方。

阿强问，什么东西？

阿甫说，一把枪。

阿强问，什么枪？

阿甫说，手枪。

阿甫将二十多年前那晚被劫持的情形，简要复述了一遍。他说凭我感觉，那不是防爆钢珠枪，也不是土制砂枪，它枪管细长，应该是一把左轮或者驳壳。阿强说可是你没看到枪。阿甫说，我是没看到枪，但我感觉到了。阿甫后来专门去了省公安厅一趟，找到枪械博物馆的同志，弄到一支左轮手枪和一支驳壳枪，抵着后脑勺反复感觉。感觉结果表明，他当初的判断是正确的，应该是一支左轮手枪。可惜那晚在现场没有搜缴到枪，这是当年他最大的疏忽。

阿蒙说我记得崇山在1994、1995年间，很多领导和企业老板都配有枪，是以什么检察院派驻检察室的名义配发的。阿强说不光是我们检察院，你法院还有公安局也配发过。法院以执行室，公安局以执勤室的名义配发。阿蒙立即否认：我们院那时没有外配一支枪，你们检察院倒是配发过。他指着阿贫对阿强说，你当年就给他配了一支64式，还有一辆山鹿牌警车，是不是？阿贫说那时他缠着阿强，想要一支77式。阿强说检察院就一把77式，你拿我的去算了。阿强呵呵两声，不置可否。

在我的记忆中，上个世纪九十年代确实有这样一种景象，那时候在包厢里吃饭的人脱下外套，几乎个个腰带上都别着手枪，可他们都不是公检法司的人。

阿甫说阿叔马仔手上的那支枪，绝不是以前检察院法院公安局干警佩戴的54式或64式或77式。阿蒙说也不可能是之前上级给公社公安特派员、武装部人员配发的驳壳枪、左轮、"美拉"等，因为这些老式枪械已全部收缴入库了。他把手搭在阿甫的肩上：可是，这已不是你操心的事了，也操不上心了。

阿甫说，也是。

阿蒙说，我们没啥事可干了，只能见证历史了。

阿强说，有很多时候，事未了，功未成，人已不在江湖。但是，江湖还有我们的传说……喂喂喂，你们坐下来嘛，阿流在那边不耐烦地催促道，你们只顾说话，我们怎么喝酒！阿甫只好招呼他们几个坐回原位。

阿兴说，你这几瓶内参，难道仅供参考？

阿甫说，保证你们喝够。

阿弟说那你得用实际行动表个态。阿甫只好倒满一个"小钢炮"（分酒盅），一口喝干，赢得一片掌声。在崇山的宴席上，一个"小钢炮"才会有掌声，两个"小钢炮"掌声如雷，三个"小钢炮"掌声经久不息。

阿流手机响起，看了来电显示说是黄喉貂。阿流对着手机大声说，今晚不在我家聚餐，在阿甫家。

阿甫说，他肯定是在另一个饭局喝够了才过来的，不行！

阿流说，他都到楼下了。

阿甫加入"阿流家宴群"之前，阿明已在群里了，所以阿流他有他的难处。微信群里的人都比较复杂，他既是这个群的人，又是那个群的人。你中有我，我中有你，盘根错节。

阿强交代阿流，你下去看看，如果他一个人就让他上来，言下之意是不能另外带人来。阿甫矜重地点了点头，同意阿强的意见。阿明之所以被叫黄喉貂，是因为他出去吃饭总带着一位女士。那位女士很有肉感，给人最深的印象是波涛汹涌，而且让人想象不到大海。退休前阿明介绍她是业务员，退休后她由业务员变成了助理。阿明这一点跟黄喉貂出没很相似，黄喉貂出没总是一公一母，成双成对的，这也是阿明为什么被称为黄喉貂的原因，而黄喉貂则成了干部生活作风不检点的代名词。传说黄喉貂性能力很强，人类闻到它的尿液味就充满激情，喝其睾丸泡制的药酒更是激情澎湃。对中医完全排斥的阿兴，在一次饭局上竟然尝试喝了这种药酒。第二天一大早就告诉我们，一点卵用都没有，话里充满了无比的愤慨和懊恼。

起初阿明出席我们宴席时，也带上那位女士，后来遭到我们一致反对就不带了。若无特殊情况，阿流家宴是不允许女士出席的。不是我们搞性别歧视，而是要避嫌。如果我们在崇山召集的夜宴，桌边有女士在侧，就说不明白解释不清楚了。这方面，我们曾经有过深刻的教训。那时阿明还在行长的位子上，省行一位上司下来调研。公务餐后，阿明带上司到阿流家来开辟第二战场。众所周知，第二战场才是真正的宴席。阿明特意提示上司，你在崇山有朋友就邀请过来。你说上司邀请了谁？他邀请来了我们群里一个兄弟的夫人，这位兄弟当晚刚好和我们在一起。第二战场结束回家一进门，这位兄弟当即就跟他夫人协议了，事不过夜啊。一餐饭可能谈成一笔生意，也可以拆散一个家庭。除了助理，阿明还配有专门的风水师，随时随地为自己准备择墓人。阿明本身有"两个说不清楚"，说不清楚他到底给阿叔贷了多少款，说不清楚他自己到底有多少财产。

阿明是一个人来的，一进到餐厅就直奔阿甫而去，两手不停地作揖：甫哥，对不起你，阿叔那晚喝多了。阿甫没有言语，吩咐我将几盘肉重新加热，然后亲自夹了几块放到阿明的碟子里。阿明对野山猪肉的味道赞不绝口，他说其实没有必要迷信那些野味，崇山本地的牛肉羊肉猪肉鸡肉并不比野味逊色。不要迷信果子狸，不要迷信穿山甲，再说那些东西还有病毒呢。

阿明自己倒了一杯酒，敬给阿甫：我代表阿叔向你表示深深的歉意。

阿甫端起杯子和他碰了一下，象征性地抿了一口。

阿贫接过话题：我看他是酒醉心明白。

阿明连连否定：不是的，不是的。

阿强说，不就是口袋里多几个钱吗，有什么了不起呢！这年头不是你有多少钱，而是你能活多少年。

阿明说，不是钱多钱少的问题，他确实是那种没大没小的人。

阿明的口气像是要将他这杯酒的本质意义推翻了，他哪里是代表阿叔来道歉，分明是在为阿叔辩解。其实阿明辩解不辩解，我们对阿叔的没大没小也了然于胸。他历来都是"大我"而"小他人"，就是"惟己独大"，就是在崇山他就是老大。不仅阿猫阿狗阿三阿四不在他的眼里，就连阿继他们也不在他的眼里，阿继之前的阿影阿仕也不在他的眼里。对阿影阿仕阿继这些人物他怎么评价呢，他分开来评价，不是平行式，是递进式。他说阿影嘛，牙齿还粘着玉米壳。阿仕嘛，腰带都还不会扎。对现在的阿继，他怎么评价呢，他说这家伙的命已不能对折了，竟然还不会合拢嘴巴。

阿蒙提示性地咳了两声，像是对我们说，其实是对阿明说，我今晚在阿甫这里喝了两杯，顺便啰嗦两句。这年头做人不要太张扬，更不要猖狂。重庆那个刘汉，够厉害吧，最后还不照样吃枪子。走路要抬头，要看天，天是朗朗的天，也叫朗朗乾坤。

阿甫将话题转移，他提醒阿强，你该打电话了。哦哦，是哟，阿强拿出手机。通常宴席到半或者接近尾声的时候，阿强都要当众打个电话。这个电话不是打给老奶（群里的人习惯称老婆为老奶），也不是打给他孙子，这个电话是打给荣哥。荣哥是谁？公安厅厅长。阿强年纪比荣哥还大一些，却始终称他荣哥。一旦桌上有人比如阿流口误叫了阿荣，阿强就会严肃地纠正过来，并强调规矩坏不得。关于他与荣哥的关系，他都是以荣哥当年调动的遭遇作为例子，而且总是在他给荣哥打电话之前复述。他绘声绘色地说道，当年啊，荣哥调到桂城历尽坎坷，他到地区人事局办理工资转移介绍信，局长以控制人才外流为由拒绝为他出具。就在荣哥心灰意冷的时候我安慰他说，你学历只是中专，中专不是严格意义上的人才，你是可以随便流动的。阿强说最后他通过关系找到人事局长，亲自为荣哥办理了手续。开始我们听这个故事的时候，都感叹好事多磨，人才成长的不容易。后来听多了就听出问题来，什么问题呢？故事背景问题，讲述者的动机问题。尤其是那句"中专不是人才"的谬论，大伙渐渐不能接受了。这不是我们这个群里大部分第一学历只是中专学历的问题，而是连中专学历都没有的阿强，凭什么可以如此藐视中专。终于有一次阿蒙阻断了他，你不要再提这件事了，这件事如果传到荣哥那里他会不高兴的。从此阿强省去了这段铺垫，他直接拨打手机。

阿强拨通电话后，食指像一根筷子竖在唇前，嘘了一声，示意大伙别说话，这是他跟荣哥通话的前奏。大伙的耳朵像他的食指一样支棱着，他却告诉我们，电话肯定没放在身边，荣哥一见我号码总会接的……阿云检举道，好像有一次荣哥没有接。阿强正要驳斥，电话响起来了。喂喂，你听见了没？你们听见了没？阿强将手机紧贴到脸上，扬起手掌往下压，示意现场保持肃静。

阿强说，荣哥，我们几个兄弟在吃饭，也不是经常吃的，时不时小聚一下。我们几个都好呢，个个腿脚敏捷得很，一点也不歪斜。

阿蒙在旁边小声说，个个可以"得跃"地跳过墙去。

阿强敲了一下他的头继续说，你也好吧，兄弟们都想你呢，你看哪位可以跟你通一下话？

每次跟荣哥通话，阿强都会让桌边的人跟荣哥说上几句。

最多的一次，是让我们桌上十八位都有机会说了。那次我有幸也跟荣哥说了几句，我说荣厅你不记得我的。荣哥说怎么不记得，你就是招待所的阿杰嘛，那次你不给我吃腊肉和粽子，你说这两样东西没有食品检疫标识。还是你们好啊！想吃什么就吃什么。

阿强捂着手机，对我们说，荣哥现在很忙，只跟阿甫一个通话，让阿甫代表大伙了。说罢把手机递给阿甫。阿甫说厅长您好！我已办好手续退下来了，感谢您多年的提携！我哪里算是成公（功）人士，不算，不算。革命尚未成功，同志仍须努力。哈哈，就这样啦，祝您顺利！

阿强接过手机，又说了几句才挂了。

按照惯例，阿强结束通话之后，通常把荣哥的讲话精神再归纳传达一遍。归纳传达的时间往往比较长，直到大伙昏昏欲睡才收尾。不料今晚阿强的归纳却很简单，就一句话：荣哥讲了，即将有重大行动。什么行动？阿强没有延伸发布，只是一句话新闻。

阿明咕哝一声：重大行动，关我鸟事！

阿强冷冷地扫了他一眼：那是，不关你什么鸟事，任何鸟事都与你无关，真有鸟事的话我请你吃亲情餐，我讲到做到。

亲情餐，多么温馨的名字，我第一次听到的宴席，感觉很亲切。后来阿兴告诉我，亲情餐监狱里才有，好像现在又没有了，取消了。

阿明提前离开，关门的声音有些重，近似于摔门了。

阿强对那房门残留的人影说，不关心政治的人，你很难相信他的人品。顿了一下，他似乎余兴未尽，又像在位作报告那样脱稿展开,但听起来像是引用的:人关心政治,如同鱼关心水质。关心政治的人值得深交,熟人可以交心,陌生人也可以信赖。关心政治的人往往就是一个通情达理,比较有正义感和责任心的人……阿蒙延伸阿强的话题,听起来也像是引用的:很多人都以为政治是很高深的东西,都认为政治跟普通人无关。其实政治就是你的工资、你的消费,就是吃饭穿衣,就是柴米油盐。政治就是你孩子的上学、你的医疗、你的住房。政治就是你的养老,就是你生活的环境,就是你的理想和追求,还有你的尊严……你可以不关心政治,但它会一直伴随你。

第三章　鱼怪

今晚不用下厨，主人阿超有专门厨师负责。宴席不是设在家里，设在他的"行宫"。从县城坐车出去十多公里就到了，阿超派了三辆路虎过来接我们。宴席由阿弟出面邀请，阿流负责召集，即由阿弟和阿流分工负责。今晚这个宴席有点"生"，原因是阿贫、阿甫、阿强、阿蒙都不认识阿超。我见过阿超一面，彼此并不熟稔，那时阿超也还未加入"阿流家宴群"。照理说，这样的宴席我们是不便出席的。饭局上有个说法，提前一天预约是真心请你，提前半天请你是作陪，上菜了才请你是凑数的。我们虽然提前一天得到了邀请，但主人与我们并不是一个群内的人。不跟陌生人说话和不跟陌生人吃饭，同一个意思。阿贫、阿强、阿蒙先后委婉地表示了拒绝，阿甫则干脆不上车。

阿弟说阿超不认得你们，但有人认得你们，而且指定要见你们几个。阿弟说了实情，要不是那帮老屁股死活要见你们，我还懒得通知你们。言下之意，宴席本来就没有我们几个人的名单。阿甫扭过屁股直接走人了，阿流追上去拉住他：甫爷，我叫你一声爷还不行吗。硬是把他拉上了车。

我们到达"行宫"的时候，主客们还在路上。在"等吃"的过程中，我们借机参观"行宫"。"行宫"原先是一所废弃的学校，阿超支付五十年租金后将它包下来，作为他公司的办公场地。然后按照园林设计公司专家的设计，进行美化绿化亮化。建起厨房、客厅、宴会厅、卡拉OK厅、健身室、棋牌室、书画室、桌球室、乒乓球室、游泳池和休息室。据说阿影阿仕在崇山任上时，经常光顾此地，故得名"行宫"。

阿强问阿弟：阿继也是"行宫"的常客吧？

阿弟说，没有的事。

隔了大约一分钟，阿甫问阿弟，你跟阿继来过这里几次了？阿弟伸出一只巴掌：五次。过后我们请教阿甫，为什么同一个问题，阿弟给出两种截然不同的答案。阿甫说这个问题解释起来比较繁杂，涉及《审讯学》《逻辑学》《心理学》等诸多领域。他说我简单讲一个故事，你们一听就明白了。有一天黄昏，他和阿强一起去散步，路过一片菜地，见到一位菜农在护理蔬菜。阿强上前问道，这菜洒农药没有？菜农回答说，没洒，给人吃的怎么能洒农药！返回时菜农还在地里忙活。阿甫上去问菜农，农药洒几天了？菜农说十天了，可以吃了。阿甫概括道，一句话，关键是提问，关键是问题的设置。要把单项选择，变成多项选择。阿强说，你哪里是提问，你这是典型的诱供，以身试法。阿甫说，我不诱供，你以身试药看看。他不说以身试法，而是说以身试药。

从游泳池来到宴会厅，主客们已经到齐，原来都是老上级、老相识、老朋友了。按"阿流家宴群"的行话讲，我们是阿猫阿狗，他们是老猫老狗。当然再过几年，我们也是老猫老狗。这不是礼貌不礼貌的问题，是自然规律。怕就怕只逗留在阿猫阿狗上，过渡不到老猫老狗这段让人留恋的时光。这几位老猫老狗是：琨老，曾任本市一把手。梁老，接棒琨老，因丹县矿难事件入狱十年。台老，市公安局原局长，与阿甫有过一年的交集，后在省厅退休。庭老，曾任市检察长，阿强老上司。雕老，曾任崇山法院院长，后任市中院院长，阿蒙的老上司。还有一位是国老，省作协老主席。在一本《苦楝树上的露珠》集子的封面上，国老是主编，阿贫是执行主编。阿兴曾问阿贫，主编与执行主编如何区别。阿贫以案例说案例，相当于外科主任和主刀。前者拿红包不动刀，后者动刀不拿红包。

　　在一片哎哟哟的叫声中，老猫老狗与阿猫阿狗热情握手，激情拥抱。厚实的手掌在对方的背部拍了又拍，以确认彼此真实的存在或牢靠。

　　阿甫问候琨老：大哥好！

　　琨老回道，大哥老了，你看腰都弯了。

　　阿贫说，只有成熟的稻谷才弯腰。

　　琨老侧脸看了阿贫：你就是那个深夜不回家的人？

　　阿贫说，不是不回家，是没人喊回家。

　　琨老说，要回家，不回家就成流浪猫流浪狗了。

　　阿贫说，就像我们现在一样。

　　不不！琨老说，我们有人收容，比如此时此刻。

　　老猫老狗们这次由琨老带队，深入到本市的可爱村走走看看。可爱村是个移民新村，曾经是琨老的点。琨老时代搞移民新村很有一套，全部搞成农家乐。可爱村有个游泳池，闻名全国。闻名不是因为某个"洪荒少女"来训练过,而是游泳池的水是矿泉水,游泳渴了累了随便喝。返程途经崇山时,老猫老狗们通过阿弟打探到,我们这些阿猫阿狗刚好都在崇山,决定路遇一面。阿超的哥哥在可爱村那个县当县长,遂将接待工作延续到弟弟的"行宫"这里来。

琨老坐下来,开口就对阿超说,来的路上你哥跟我讲了,在崇山吃饭一定要到你这里来。你这里嘛,我们现在的身份是可以进来的,但别的人比如阿弟之流你还是少让他们进来为好……阿弟说,我不进来您老人家就会迷路。琨老瞪他一眼:老人讲话,小孩插嘴,该打屁股。琨老说还是要注意些好,不要出了事情才找我们这些老猫老狗。我们这些老猫老狗不管事了,点头不管用了,摇头也不管用了。还有,叫什么都好,别叫什么"行宫",这"行宫"不是随便可以叫的。

阿超说,都是他们叫的,以后让他们闭嘴。

琨老追问,他们是什么人?

阿超说,外面的人。

琨老说,开玩笑!你去喊一个集市的人闭嘴看看。

四大盘鱼怪端上来,这是今晚宴席的主菜。副菜有柠檬鸭、葱油鸡、红烧竹䶅。鱼怪听起来有些恐怖,实际上就是鱼生,但在做法上鱼怪和鱼生还是有区别的。简单地说,鱼生是将鱼片和配料分开,鱼怪是把鱼片和配料捞在一起,稍微加温一下,但不能煮熟。鱼怪和鱼生原料都必须是大鱼,而且必须是河鱼或深海鱼,最好是生猛的河鱼。有人认为,做鱼怪可能是因为原料不新鲜或偷工减料图方便,其实不然,其做法也不同，有些食客就特别喜欢鱼怪而不吃鱼生。

这些老猫老狗，可都是我在招待所当主厨时招待过的老主顾，哪位老猫老狗爱吃什么，哪位有什么忌口，我一清二楚。而这些又都属于个人隐私，甚至是机密，不可能透露出来。只能悄悄地做，悄悄地上桌。在我的印象中，这些老猫老狗来崇山最想吃的并不是鱼怪或鱼生，而是崇山有名的生焖地羊。眼下天气已经转热，在外人看来不再是吃地羊肉的时令。这是外人的看法，崇山人却不这样认为，崇山人一年四季都吃地羊肉。今晚的主打菜怎么变成了鱼怪，是不是他们先前的口味或爱好发生了变化，我不得而知。另外，各人又有各人不同的喜爱。比如梁老，特爱吃鸡屁股和鸭屁股，一餐要吃五六块鸡屁股或鸭屁股，吃的时候用手捂着嘴巴。梁老的解释是，他担心香味四处飘散了。有一回，我给梁老上了一盘鸭屁股。他看了看说，你起码也给我一块别的部位嘛。这屁股啊，也不能从一而终啊。台老爱吃腊猪头皮，百吃不腻。庭老爱吃猪眼睛，吃的时候，一定要听到噗的一声响。后来我从屠夫那里了解到，好眼才能发出噗的一声，瞎眼是没有这个声响的。雕老正好与庭老相反，只吃没长眼睛的肉。世界上有没长眼睛的动物的肉吗？有，贝类。没有贝类鸡蛋也行。琨老、国老则爱吃农家菜，而且必须是地地道道的农家菜。就是农家怎么煮，我们就怎么煮。

大概是职业使然，我不由走进厨房。厨房是我每次应邀出席"阿流家宴群"宴席和其他宴席的主要场所。我在厨房待的时间，有时候比待在桌边的时间还要长，因为烹饪是我的使命或职责。我之所以经常与阿猫阿狗们，偶尔与老猫老狗们打成一片，不是我的级别我的资历，而是我的身份或我的手艺。这一点我有自知之明，我知道我从哪里来，应该到哪里去。任何一间厨房对我来说都不陌生，灶台、砧板、刀具触手可及。

我很快就发现一篮南瓜苗，已剥好洗净。打开冰箱，有一小袋鸡蛋、一块五花肉、一根连着七寸的白肠和一只猪肚。我把五花肉、白肠切了，猪肚只切了肚尖部分，然后将南瓜苗分成三份。五花肉炸成焦黄的油渣后，我炒成一盘油渣炒瓜苗，然后再炒了一盘白肠炒瓜苗、一盘肚尖炒瓜苗。一篮南瓜苗，让我炒成了三道典型的农家菜。最后我给雕老炒了一碟韭菜炒蛋。贝类没有，雕老只能将就吃蛋了。

阿超的厨师进到厨房来，愣在那里：你怎么炒这么土的菜？现在哪个还吃这么土的菜？他一连使用了两个"土"字。我说端上桌你就明白了。我在心里说，别以为你穿皮鞋，三接头的，可你的脚丫子沾着泥土呢。

我端上三道南瓜苗系列"土菜"后，琨老马上拿起筷子：来来来，这才是我们要吃的菜。他满意地看了我一眼，又看了一眼：不愧是县府招待所的厨师，见过世面接待过大领导就不一样。

梁老说，当年阿杰曾经给大领导煮过两餐饭呢。

晓得，琨老说，当年大领导到崇山的情形，至今仍历历在目。

琨老搁下筷子，端坐在那里，陷入深深的回忆之中，大伙跟着他一起回忆。琨老说那年崇山的枫叶红得比往年都早，万山红遍，层林尽染。大领导千里迢迢来到崇山，顾不上休息，又一路颠簸前往贫困山区看望群众。大领导弯腰钻进一爿茅草房，那户人家的户主叫蓝秀梅。大领导走到储谷仓前，揭开仓盖，察看存粮。又走到灶台边，掀起锅盖，锅里煮着玉米糊。望着四面透风的茅屋，大领导问道，这是村里最穷的吗？琨老说不是，还有比这户更穷的。大领导一脸凝重，眼眶湿润。他夫人从包里取出五百元钱递给蓝秀梅，对她说，要改变贫困面貌，还得努力生产，还得靠自己的双手。

台老说，我记得一个小小的细节，合影的时候，大领导早早来到现场坐好，地方有位同志竟然迟到十多分钟。大领导与我们谈笑，耐心地等待迟到的人。

庭老说，迟到的这个人后来进去了……又急忙改口道，这个话题不该讲。梁老接过话道，讲了就讲了吧，你是怕讲到我嘛，没关系，我乐意听，也乐意讲。不过迟到的那个人不是我，我是后面几年才跟他一样"迟到"。

梁老一点也不避忌他在里面的经历，反而有点津津乐道。梁老出来的那天晚上，我受邀到阿弟家做过一餐接风宴，是按梁老的胃口和喜好来做的。梁老一见大伙就说，我大学毕业了。他不说释放，而是毕业。梁老说，我在里面对一句话感悟特别深。有人问他，哪句话？梁老说，人饥饿的时候，只有一样痛苦。人吃饱了以后，所有的痛苦都出来了。他说所有女人都在寻找好男人的标准，早上七点准时起床，晚上十点准时睡觉。不抽烟、不喝酒、不去KTV、不泡妞、不打牌、不玩游戏，也没有应酬，更没有绯闻。生活中没什么秘密可言，连暧昧短信微信都没有一个。靠自己的双手努力奋斗，稳重、随和。平时不是静静地思考未来，就是读书学习。非常听话，衣着整洁，这样的男人全部在我们中间……这个"标准"我听说过，但从梁老嘴里出来，味道就不一样。老猫老狗们特别是这些不一般的老猫老狗们讲述的故事，往往不是一般的故事，不是一个"精彩"的词语所能概括的。所以有一句话说得很经典，老人的每一句话，都是一味药。

今晚的主讲不是阿贫，是梁老。梁老继续讲述他"精彩"的故事：同一个监舍里，有的是贪污腐化进来的，有的是泯灭人性进来的，我是失职渎职进来的。已经出来的梁老，似乎还不适应"进来"和"进去"一词的转换。梁老说，有一个跟我同刑期的，问他怎么进来的。他说讲出来，大家可能都不相信，他是考试进来的。原来他是在国考中组织作弊获刑的。梁老自个儿乐着，我们也跟着乐起来。梁老又说，我服刑的最后一年，监狱搬迁到一个新的地方，原址移交给当地政府。我当时有个建议，建议当地政府把旧监狱好好利用起来，打造成廉政教育基地，让干部们久不久到监狱里住几天，体验犯人生活，起到警示教育的作用，真正做到不想腐、不能腐、不敢腐。我们的某些干部啊，就是不见棺材不掉泪，见了棺材泪涟涟。

雕老说，坚持兄，你这个建议好是好，操作起来则比较难。你不能因为你自己去体验过了，也拉别人进去体验一番，平衡或者均衡一下，是不是？再说了，坐牢是不可以安排的，也不能强制的，牢也不是想坐就能坐的。

琨老说，老梁，我跟你求证一件事。

梁老说，你讲。

琨老说，有人讲你老梁在位时，有一次陪同省司法厅某厅长到辖区监狱检查工作，特别要求监狱方面改善条件，确保罪犯吃得卫生，吃得健康。平常你都比较抠，抠得出名，对监狱你倒是很大方很慷慨哦。

这事确实有，梁老说，不过做这个指示的那位厅长，后来也进去了，他比我早有先见之明。琨老说，还有个事，我一直想问你。

梁老说，什么事？

琨老说，当年丹县矿山是不是真有个砍刀队？媒体和社会上都吵得沸沸扬扬的，还有人说是矿山的私人武装。梁老说，这事台老比我清楚，他曾率队去丹县调查过。

台老说，矿上确实有一支护矿队，大概有八十多人，主要负责矿区巡逻等安保工作。庭老说，可媒体报道砍刀队是从崇山过去的，其班底就是阿叔手下的那些骨干。

台老说，此事当时查无实据。

雕老说，阿叔这个人我是了解的，他原来搞农用拖拉机起家。雕老于是说起至少我一个人不曾听说过的这么一件事。当年，崇山曾经有过十几个生产厂家，也叫做小作坊，专门制造农用拖拉机。后来，浙江一个老板到崇山来，跟着做农用拖拉机的配件。阿叔派人去阻工干扰，强买强卖。浙江老板到公安局报案，刑侦队唐教导员带人过去调查核实，带走阿叔手下几个马仔去问话。一天半夜，唐教导员在下班的路上，被一伙身份不明的人骑摩托车撞倒在大街上。雕老说唐教导员晓得他们是什么人。当然，阿甫也晓得，是不是阿甫？

阿甫呵呵道，时隔多年，记不清了。

雕老说，阿甫抓过两次阿叔，一次只关了一夜就放了，一次案卷送到阿强那里就没了结果，据说被打了招呼。

阿甫轻描淡写道，老账一笔，一些细节确实想不起来了。

琨老说，这个阿叔辈分够高，连我都是晚辈。每次来崇山，都有人谈到他，如雷贯耳。饭和账一样，都是要认的，老账不等于死账，有些呆账、坏账、死账要重新翻出来。这年头做生意是要有本钱的，借钱是要还的，投资是要承担风险的，做坏事是要付出代价的。善有善报，恶有恶报；不是不报，时辰未到。风、云、雨、电，表面上看是天象，其实是天意。不知各位听到一点风声雨声没有，反正我是听到了。上面要动手了，要收网了，哪能给你这样乱来，无法无天！琨老说得云里雾里的，像是天气预报。没承想阿弟从外面进来报告，外面下着暴雨。

我们没察觉到下雨，只看到窗外划过一道道闪电，宴会厅的玻璃隔音很好。

琨老说，那就再坐一会儿吧。国老呀，你今晚都没做声，是不是没吃到地羊肉不开心？

整个晚宴国老赌气似的默默地坐着。当然，默默地坐着的还有我们。我们不做声是因为规矩，以前是不能在级别比我们高的上级面前说话，现在是不能在年龄比我们大的长者面前开口。对这个规矩，阿贫曾表示值得商榷，他说既然允许大狗叫，也要允许小狗叫，叫是上天赋予狗的禀赋，并强调这是一个俄罗斯作家讲的。讲是这么讲，也只能讲这个俄罗斯作家不懂规矩。国老不存在规矩约束，却一直默不做声，让人感到蹊跷。

阿贫替国老开口了，他说，国哥近期比较郁闷。

琨老问，啥事嘛？

阿贫说，还不是子女们孝顺的事。

琨老说，具体一点。

阿贫说，国哥子女都是做生意的，很忙。去年父亲节，没能好好地陪国哥，就找一位阿姨来帮忙照顾了一天。今年，哦，就是上一周，父亲节又到了，国哥就念叨着要过节。这下子女们全都回来了，跟某国贸易摩擦生意不好做嘛，就回来了。回来了就请一帮兄弟朋友来家里吃饭，热闹。哪想到国哥面对满桌的山珍海味没胃口，板着脸，就是不入座。子女们不解，为何老头子今夜不开心。只听国哥嘴里念念有词：搞这么复杂做什么，像去年那样简简单单过，多好……琨老扑哧一声笑了：你这是从网上下载的。

阿贫说，不相信您自己跟国哥求证。

默默地坐着的国老，终于忍不住开口了。他先是用牙根吸了一口气，然后噘着嘴念道，太阳下山山上阴，罗汉伸手摸观音；神仙都有风流事，哪个凡人不动情。过后我们才知道，国老那天晚上牙痛，几颗松动的种植牙感染了牙龈，痛得要命，导致国老郁闷了一个晚上。就是上了地羊肉，他也吃不了的，那只会火上加油。老人家枯坐一晚，看着别人吃得津津有味的，按照阿叔的说法，已经非常给我们面子了。

等雨停歇期间，老猫老狗们主动加了我们几个阿猫阿狗的微信。以前那个年代，我们哪敢问他们的电话。阿贫悄悄地问我，你见过踩高跷吗？我说见过。阿贫说，踩高跷的人，一旦从高跷上下来，就和我们平起平坐了。我说，踩过高跷的人毕竟风光过，高人一等过。阿贫说，也有从高跷上摔得头破血流的。

第四章　地羊+

夏至这天早晨，阿甫接到阿弟电话，说是阿继有事找他，方便时打个电话。阿甫说他有事找我，直接打我电话不就得了，还要经过你这个寻呼台？现在都5G时代了，真是的！阿甫在职时与阿继无交集，阿继来崇山任职时，阿甫已到市里。多年前的一个团拜会上，崇山籍干部聚会时阿甫和阿继才彼此认识，也只是招呼而已，彼此都没有互留电话。今年春节前崇山的团拜会，情况有变，退休人员才能出席。阿甫还在位上，还没成为退休干部，也就没资格参加。

本来开年不久阿继已履新别处，没想四十九天后，又奉令返回崇山。据说上面有令，特殊时期原地不动，已动的返回原地。用我们行内的话说是"回锅"。"回锅"属川菜系列。我当年在县府招待所时，久不久也给客人做这道菜。午餐时做，好送饭。调离崇山那天，阿继在交接会上回忆往昔与同事并肩战斗时，痛哭流涕，流露出对崇山人民的依依不舍和难分难解。

阿继失声痛哭的那个镜头，很多崇山电视观众都看到了。阿继"回锅"后，观众看到电视新闻就说，这个卵仔不是刚哭刚走不久吗，怎么又回来了？难道还要再哭一次！阿继"回锅"属正常程序，即组织上有错必纠，知错必改。可是观众哪里了解那么多，就像很多食客错误地认为，"回锅肉"就是炒旧肉炒旧菜，其实不是。就算是旧肉旧菜，回锅后也是新的了。就像阿继这次"回锅"，他的简历就要另起一行。别说四十九天是一行，哪怕一天也是一行。所以这哪里是旧的呢，分明是崭新的一行。

前面说阿林、阿云不敢同阿继一桌子吃饭，是因为他俩经常被阿继当众训示，两人见到阿继就像老鼠遇到猫一样，这只是其中一个原因。根本的原因是，阿继刚履新别处，阿林、阿云就把阿继的电话号码删除了。阿继"回锅"不久，抽查了几个电话，其中就有阿林和阿云。阿林见到陌生号码，当即就挂掉了。阿云却问了一句，你是哪个卵仔？电话里传出一个熟悉的声音：我是你的老大。完了，胡汉三回来了，阿云吓得头皮一阵发麻。

阿甫本来不想打这个电话，出于礼节还是打了。号码是阿弟提供的，阿甫自然没有阿继的号码，也没有他的微信。阿继在电话里很客气地对阿甫说，也没什么事，就是晚上大伙一起到阿叔家吃个饭，顺便征求你对崇山发展的意见和建议。阿甫正犹豫着，阿继说你一定要来哦，就挂了电话。过后阿甫对阿贫说，要是他知道他被阿继遥控，他是不会到阿叔家去吃这餐饭的。阿贫问他，是不是有什么担心或顾虑？阿甫说没有，阿贫说那就是你害怕了。阿甫说害怕更谈不上，人到了我们这个年龄段，已经没有什么可怕的了。那是什么呢？阿甫磕巴了一下，就是，就是不自然，不舒服，心里隐隐有一种被牵着鼻子走的感觉。阿甫还说阿继滑头得很，明明是他在操控，却让别人主动打电话给他。

我和阿兴下午两点多的时候，就被阿明接到阿叔的别墅来，像往常一样负责后勤工作。通俗一点，就是做饭。

夏至吃什么，各地习俗不一样，北方就有冬至馄饨夏至面。过去夏至崇山人吃的是鸭肉鸭蛋。鸭肉和鸭蛋是凉的，有清热解暑之功效。可是这些年夏至，崇山人改吃地羊肉了。本来冬至才吃地羊肉的，补暖嘛，现在变更到了另外一个季节，一个炎热的季节。这么一改，就有些以毒攻毒的意味了，因为地羊肉是热的。

今晚的主菜，果然是地羊肉。食材已在屠宰场处理好，烧了皮，剔了骨，是一只肥瘦适中的黄地羊。地羊的选取，也是有讲究的，标准是"一黄二黑三花四白"，而且必须是耳朵竖起来的崇山本土的地羊。崇山人对牛、羊、猪的耳朵特别讲究，特别在乎，凡是耳朵耷拉的动物一概不吃。

今晚我和阿兴的角色有了变化，他是大厨，我当下手。阿兴除了能做白切麻雀、鸟活血以外，对地羊的烹饪也有一套。概括起来就是稻草烧、红烧、生焖和水煮。别人最多能搞出两种花样，阿兴则可以搞出这四种。我对地羊的烹饪，不是很有研究。在县府招待所时有一个规定，如果不是特殊客人的特殊要求，原则上是不上地羊肉的，主要是担心引起客人误会。众所周知，出入县府招待所的客人，自然不是一般的客人。

大概是怕我偷看配料佐料秘方的缘故，整个烹饪过程阿兴基本上不使唤我，把我这个下手晾在一边。据说酒厂的酒曲师也是这样，配制酒曲时旁边是没有人的。我才懒得看你的秘方呢，你就是藏有某种果壳，我也不会好奇。

我枯坐大厅，嗑瓜子，喝茶。

茶我不是很爱喝，上好的茶我也没有兴趣。我对酒也不感兴趣，老茅对于我只有好奇，没有爱好。当然，也爱好不起。在大厅坐久了，我只好站起来在别墅里溜达。在别人家里溜达是不礼貌的，不礼貌我也没有办法。我不能出门，万一阿兴临时使唤我怎么办。阿兴在烹饪时依旧保持做手术的习惯，习惯别人递刀。现在他不使唤我，是暂时规避我一阵子。

此前我来阿叔家做过饭，不过是在另一个家，这个别墅我没来过。厨师有时候也像老中医一样，上门给那些不便出门的人出诊。

别墅里的每一面墙都很宽阔，给人以空旷寂寥的感觉。墙壁上没有山，没有水，没有一望无际的田野，没有袅袅炊烟的村落。一句话，没有一幅字、一幅画或一件摄影作品。

突然，我在别墅二楼拐角处，有了新的发现，我看到了一面奇特的墙。墙上挂着各种手枪枪套，有皮质、木质的；有全封闭式、半封闭式的；有肩挎式、腰别式的；有腋套式、绑腿式的。现实中我亲眼见到的只有一种枪型，未见过这么多各式各样的枪套。相当于我未见识世界上所有的人种，却有幸领略他们多姿多彩的服饰。在县府招待所我见到的枪，多是77式，是在餐桌边看见的。不是偷看，是撞见。有一道菜是铁板肚尖，需要我现场操作，以免烫伤客人。客人吃饭时脱下外套，露出了腰带上的小手枪。

根据以往我从电影电视上和现实生活中见过的各式手枪，我识别出这些枪套是德制驳壳枪，国产54式、64式和77式手枪枪套。那只油亮的褐色木壳套，应该是驳壳枪枪套。那只54式全封闭的金黄色皮套，做工精良，背带上还有两只连在一起的小巧的弹夹袋。有一只枪套是全封闭式的，皮质陈旧暗淡，想不出它属于哪种枪械的皮套。我用手机拍下皮套发到"阿流家宴群"，请求答案。昵称"东梁"的群员很快回复：这是纳甘M1895转轮手枪的原装枪套，相当于苹果手机的原装皮套。我复制"纳甘M1895"到百度百科，页面显示：俄罗斯M1895纳甘转轮手枪，系1895年俄国图拉兵工厂、伊热夫斯克机械厂生产制造的一款转轮手枪，转轮弹巢容弹量七发。

大厅传来高嗓门声：菜弄得怎么样了？别墅主人阿叔从外面回来。他的音量和他的身材非常匹配。有些人个儿大，声音小；有些人个儿小，声音大。阿叔是统筹兼顾，形成正比。

这时我刚观赏完那些枪套，从二楼下来，我的一只脚刚好落到大厅地毯上。我指了指厨房：外科专家正忙着呢。阿叔问道，角色转换了？我说是的，今晚他操刀，我递刀。

阿叔进到厨房去，出来时手里捏着一块肉，仰起脖子放进嘴里：不错，味道不错！那是一片水煮地羊肉。这说明地羊肉的水锅煮好了，那么蒸锅里的地羊扣应该差不多了。眼下阿兴全力操弄的应该是生焖这锅，果然他在里面问道，要不要放腐乳？自然是在问我，征求我的意见。我告诉他，腐乳要放早就该放了，肉片刚下锅时就要放了。现在才放腐乳为时已晚，食材没能充分吸收，反而抢味。

我在阿叔对面坐下来，中间隔着一张硕大的茶几。茶几大得已经不能叫做茶几，是一面宽大的台面。接过阿叔递过来的一杯茶水，我的身子几乎要匍匐在台面上。

阿叔问，你们最近一次聚餐，是在阿超那里吧？

我说，你怎么晓得？

阿叔说，崇山大事要事，没有我不晓得的。

我睐了他一眼，无语。

阿叔说，台老来，我懂啊，我托阿超拿一件"软中华"烟给他。跑遍城区所有烟店，才凑够一箱。阿叔又说，有些话也传到了我这里，我不怕的，二十多年过去了，你见我短少一两肉没有！我心里说，你跟我讲有什么用，你请我来做饭也没给我出场费。

阿兴招呼我进到厨房去，他已腾出灶位给我。我的任务很简单，在客人入席前五分钟炒好几个素菜。

五分钟这个时间段是有讲究的，目的是确保客人入席后炒熟的青菜依然保持青翠欲滴的颜色。这一点，水平再高的厨师也很难做到。所谓的猛火快炒、沸水先过等等招数，都是哄人的。炒熟的青菜，就像男人消退的激情，延续本色的时光很有限，品相也很可怜。另外五分钟这个时间段也是很难掌握的，客人不是按照规定的时间集体准时来到，而是三三两两前前后后地来，间隔时间无法估算，最终只能以大多数到达的时间为准。这个时候，我可以先到大厅来坐一坐，看上去像是徘徊观望，实际上是清点人数，掐算时间。

大厅陆续进来了几个人，没见过，不认识，应该是阿叔这边的人。不久，阿流、阿弟、阿云、阿林先后来到。意味着大部分客人到达，可以炒菜了。

主菜端上桌时，阿贫陪着阿甫出现在大厅，身后跟着阿明。

阿叔笑嘻嘻地迎上前去，说甫哥大驾光临，寒舍蓬荜生辉。他对阿甫的称谓有了变化，"捕快"变成了"甫哥"。他张开粗壮的手臂，见到阿甫没有拥抱的意思，就放下了另一只手臂，将拥抱变成了握手。

阿甫一落座就问道，阿继呢？

阿叔说，临时有重要接待，晚些才能过来。

阿明说，有个鬼接待嘛，他在阿思家……阿叔的眼像剔骨刀，锐利地剜了他一眼：不懂就莫乱讲。阿明说我怎么不懂，我约了阿思的，叫他一起过来，他说阿继今晚要去他家游泳。听两人对答，就知道事前没通好气。

阿贫说，阿继来不来，问阿弟不就清楚了嘛。

阿弟说，我不清楚，我今天没见到他。

阿叔宽慰阿甫：别听阿明的，阿继肯定会来，我们边吃边等他。

阿叔将阿甫请到主位上，阿甫坚决不坐，说这是主人的座位。

阿叔说，今夜你就是主人。

阿甫说，你不会讲这栋别墅就是我的吧。

阿叔说，你讲是就是，你讲！

阿甫说我坐下就是了，否则你真把别墅送给我，那我不更加为难了。阿甫一坐下来，眼睛就死死地盯着对面三个人看。过后阿甫跟我们说，那三个家伙正是当年跟着阿叔在"桥下"伏击他的人。中间那个面目有些模糊的，就是拿枪顶着他后脑勺的家伙，长得很像阿叔。

宴会正式开始，阿叔站起来两手叉着腰说，今天是二十四节气中的夏至。中国是一个讲究养生的国度，在每个节气里都要吃一点养一点……阿林儳言道，和舒服的人在一起吃饭才是养生。对！阿云接着阿林的话说，前提是和价值观相同的人在一起才舒服……阿叔打着手势阻止他们：能不能等我先讲完？阿云和阿林安静下来。阿叔继续开讲，今天晚上请甫哥请各位到我家来，没什么好吃的，也没有别的菜，就简简单单吃个地羊肉。我们崇山人够憋屈了，吃个汪汪叫的也不能公开讲出来，还讲成了地羊。地羊个鬼嘛，就是个地地道道的汪汪叫嘛……

阿贫站起来将餐桌上的菜看看了一遍，坐下来对阿叔说，甫哥不吃地羊肉。

啊！阿叔一惊，那怎么办？今晚可只有地羊肉。

阿甫说，没关系，我不吃地羊肉，荔枝是可以吃的。

阿叔猛拍一下脑壳：我差点忘记了，上荔枝啊，上。有人急忙来到墙角，有两只大纸盒，搁在那里。那人说，刚从果园摘下来的吧，包装纸壳还是暖的。阿叔催促道，快点端上来，当美味的地羊肉端上桌时，它就应该粉墨登场了。你们真笨！错过了最佳的亮相时机。

阿叔剥了一颗荔枝给阿甫：光吃荔枝哪里行呢，还是给你弄点什么吧。

阿甫说，那就给我煮一碗面吧。

我和阿兴同时站起来。我刚想说什么，阿兴已转身进厨房去了。网上有句话说得太好了，世间最好的默契，不是有人懂你的所有言外之意，而是有人心疼你的所有欲言又止。

阿甫示意大伙：你们吃你们的，不要管我，也不要等我。

有人提醒阿叔：老茅该开了吧。

阿叔重新站起来，我的开场白还没开完呢，尽管甫哥不吃地羊肉，我还是要把话讲完的。今晚我给主菜的定位是地羊加，加什么呢？加桂味。桂味是什么？就是荔枝。阿叔所说的桂味，是荔枝中的极品，核小、皮薄、色艳、肉特别甜。阿叔自己拿起一颗荔枝，剥了皮，放进嘴里：我是个没文化的粗人，但我晓得有一句诗叫做一骑红尘妃子笑。好多人也晓得这句诗，却忽略了后面一句，无人知是荔枝来。这一骑红尘让妃子笑得花枝乱颤的，不是情书，是荔枝，明白吗？阿叔捏着品相粉红的荔枝皮：你们看看，多像妃子娇羞的脸啊！

阿流说，无人知是荔枝来，那你告诉我们，荔枝从哪里来？

阿叔不耐烦道，崇山，从崇山来，笨蛋！

阿流说，我是笨蛋，我只晓得地羊是热的，荔枝也是热的。地羊加荔枝，那就是热上加热。他从裤袋拿出一包清火栀麦片：哪个需要请便，一次两粒。阿云一把抢过药来：确实是笨！现在还不能吃，上火了才能吃。场面乱哄哄的，像是精神病院里一群疯子在胡闹。

阿兴端上来的，是一碗清水面。看来也只能是清水面，因为除了地羊肉，冰箱里估计不会有别的食材了，甚至连个鸡蛋也不会有，有的话应该是鸡蛋面。

阿甫拿起筷子，顿了一下，问道，有一种面，人人都想吃，请问什么面？

有人回答，快餐面。

阿甫说，不是。

那是什么面？

阿甫说，长寿面。

阿甫继续提问，有三种面最难吃，你们猜猜什么面？

冷面、油泼面、热干面。

阿甫说，这些可都是地方名食，很好吃的。

阿兴催促他道，你先说说我这碗面难不难吃？

阿甫说，你这碗面，不属于那三种面。

那是什么面嘛？

阿甫吞下一口面说，体面、场面和情面。

阿兴说，这哪里是面呢，分明是戏装嘛。

阿甫说，人生何尝不是一套戏装呢。

阿贫说，这话疑似阿笙讲的。

阿甫说，你懂的。

阿贫说，阿笙好像还讲了一句，不喝酒的人，都很自私，一般不可托付终身。

阿叔迫不及待地跟着表态：这句话讲得很有道理。

阿甫说，你们这是典型的断章取义。

通常餐桌上有人忌口，话题就不往那方面展开，可现实中偏偏就有人喜欢哪壶不开提哪壶，阿明就是这样的人。吃得满头大汗的阿明似乎不满足于舌尖上的快慰，还要释放情绪，发泄一番，他说中国以地羊肉为食的历史，可以追溯到五千年前的半坡时代……阿贫阻止他：讲点别的得不得？

阿明没理会阿贫，继续说道，地羊文化作为中华饮食文化的重要组成部分，和中华文明一道薪火相传，绵延几千年而不绝，发展至今形成了沛县地羊、花江地羊、崇山地羊等各具特色品牌，大大地丰富了中华饮食文化……阿贫沉下脸色站起来：不讲这个话题，得死吗你？又嘟哝一句，人最难的修行，是守口如瓶。

阿明自己倒一杯酒，一口喝光，杯子重重地搁到桌上。那声音在夜灯的照耀下，好像从天上陨落。

阿兴主动岔开话题，他说，阿叔，你这个别墅墙上光秃秃的，叫阿贫给你写一幅字吧。

阿叔说，得了吧，我才不上他们文人的当。那个叫黄河的书法家，给阿思写了一幅字，叫什么春花秋月。结果把阿思的秘密给泄露出去了，让原配抓了个准确无误。

阿兴问道，怎么个准确无误？

阿叔说，阿思在外面养了两个小蜜，一个叫韩春花，一个叫韦秋月。

阿甫再次提醒阿叔：你给阿继打个电话，他到底还来不来？不来我就撤了。

阿叔拿出手机，当即打了电话。不过不是打给阿继，而是打给台老。电话很快接通，阿叔说，老大吗，我们几个在家里吃地羊、喝老茅、品荔枝。对！甫哥也在，他来我家地羊不吃，老茅不喝，只吃面条，你批评他两句。阿叔把手机递给阿甫。阿甫只说一句台老你好，然后就一直听着，一直听到台老挂了电话。后来在阿贫家的宴席上，阿甫才告诉我们，台老在电话里教育他：人老了，就要变得宽容，要从自己的经历中领悟神的旨意。人老了，就要宽宥一切，放下一切。

阿叔从楼上下来，送给每人一副黄花梨手串。人人都戴上了手腕，唯独阿甫没戴。阿甫说他有了，亮起左腕上戴的手串。他说手串戴一副就好了，两手都戴就像铐了那个东西。

阿叔说，你那个手串是沉香的？

阿甫点头。

其实阿甫那副手串不是沉香，是桃木，我看得出来。

一直到大伙离开阿叔的别墅，阿继始终没有露面。

阿甫认定他不只是被阿继遥控了，还被他潇洒地耍了一回。毫无疑问，如果没有阿继这个电话，阿甫是不会来阿叔家吃这餐饭的。当然，这是阿叔的心计或者计谋。原以为在这个饭局上，阿叔会有个什么姿态，结果什么姿态也没有。原本可能设计有，但阿继一个电话就没有了。不但没有，还让阿甫接了台老一个电话，一个接受批评的电话。

我和阿甫走在同一个方向回家的路上，他问我，刚才你在群里发那个枪套是哪个博物馆的？我说什么博物馆，就在阿叔的别墅里，在二楼的一面墙上。

我拿出手机，把墙上的枪套照片全部转发给阿甫。阿甫看了看，只对那个转轮手枪枪套感兴趣。他反复地看了照片后说，这个枪套不一定是纳甘M1895转轮手枪的枪套，它应该是美制柯尔特左轮手枪的枪套。阿甫说，你知道吗？柯尔特左轮手枪有一句著名的广告词：平等的利器，自由的保障，暴君的噩梦。

第五章　羊酱

和吃龙棒一样，吃羊酱是个小概念，大概念是吃羊肉。前面说过，在崇山，若是有人邀请你去他家吃龙棒，十有八九是他家劏猪了。同样，在崇山若是有人到你家吃饭，提示你简单点，不要搞那么复杂，简单地吃一碗羊酱就行了。那你就不能简单，你可得宰一只羊。这就是说，在崇山，若是有人请你吃羊酱，那你就要有羊肉吃了。或者有人跟你提到吃羊酱，那是宰羊的暗号或暗示。另外，还有一种暗示或提示的代名词，椿芽。若是有人在你面前不断提到椿芽，表扬崇山的椿芽，比如崇山的椿芽多么鲜嫩，那就说明此君想吃羊肉了。当然，不是所有人都可以提椿芽或表扬崇山椿芽。引用这个代名词的人，需要有一定的身份或高度，因为椿芽长在高高的椿树上，只有像踩高跷的人才能够得上。

三天前，阿贫就跟我们预约，要去一个老板家吃羊酱。老板姓石，阿贫让我们叫他阿江。其实阿江约的不是我们这些人，他的原意是让阿贫带几个有文化的人，到他的公司去坐一坐，给他提些建议，他想做一件跟文化沾点边的事，阿贫就把我们这些阿猫阿狗都约上了。他认为我们也是有文化的人，起码在饮食文化这方面，我们都是有一定造诣的。书读多了不一定懂，肉吃多了绝对懂。之所以叫我们这些人，是按照阿流的分类来落实的。阿流说过，按照动物世界的分类，我们这个团队属于野狼群，捕猎时一般都是全体出动的。

阿江的家，在他的公司里面。公司就在路边。路边是世界上所有的路边，但在阿江那里，路边是个低调或谦虚的说法。实际上他的公司地处交通要道，环绕崇山城区的两条主干道就在他公司门前交会。

阿贫报给阿江赴宴人员名单后，特别提醒他其中有两位是大师级的厨师，其中一位曾给首都来的大领导煮过饭。阿江自然求之不得，中午的时候就将我和阿兴接到了公司食堂。

公司食堂有一排灶台是柴火灶。柴火灶当然好啦，柴火灶烧出来的饭菜，其味道自然要比液化气灶或电炉烧出来的好得多。所以现在流行什么"柴火大队""柴火公社""柴火饭堂"，就是告诉你，佳肴都是经由原火加工的。原火，就是柴火。不过，我还是委婉地对阿江提出了批评意见，认为柴火灶不符合环保，会增加空气中的颗粒物。阿江说柴火灶也不是经常用的，只有聚餐宰羊的时候才用上。确实，弄一只羊需要大火、猛火、烈火，最好是原火。别的不说，光煎那个羊酱，液化气灶根本就煎不了。这不是说煎羊酱需要大火，和煮龙棒一样，煎羊酱需要的同样也是文火，只是不一样的文火。需要的还有时间和成本，一锅羊酱弄下来，一罐液化气也就所剩无几。耗时长，成本大，不划算。而且煎出来的羊酱毫无生机，简直不是酱，是糊，这是火的缘故。世间的火，是有区别的。

柴火烧出来的火，火劲大，后劲足，余温长。像农人饱满的激情，充满活力和持久的耐力。石油液化气灶的火，表面上看火急火燎，快速反应，迫不及待，清洁环保，实则弱不禁风，经不起捣鼓。再看那幽蓝幽蓝的火苗，哪是人间烟火，简直就是荒山野岭上的磷火，也就是所谓的鬼火，阴魂不散，阴阴森森。羊酱的原料，本来就是原汁，自然应该由原火来伺候来打理。原配对原配，天经地义，历久弥新。

阿江为我们选配了两位助手，两个青年人。一个男的，一个女的。我们到来时，他们已经开始煎羊小肠。这是制作羊酱的前道工序之一，后期工序将由我们来操作。

在崇山，有这样一个说法，吃羊不吃酱，等于不吃羊。那么这个羊酱到底是什么货色呢？一句话，就是羊小肠里的东西，羊即将吸收到身体里的营养。羊食百草，饮矿泉水，小肠里的东西皆为营养精华。这些营养精华，羊还没来得及吸收，就被人类占为己有。前道工序将羊小肠煎得焦黄（必须煎得焦黄）之后，用剪刀剪碎，成碎泥状。注意，用的是剪刀，而不是菜刀。后期工序是将羊肺等羊杂剁碎，配以姜蒜爆炒，最后注入羊肉浓汤，撒上葱花、香菜，一锅鲜美的羊酱就大功告成了。民国九年修订的《崇山县志》是这样介绍羊酱的：羊酱，又名羊瘪汤，俗称百草药。味甘微苦，清香异常。常食之，可健胃养脾，畅脉调经，舒筋活络，消炎去毒，清肝明目，壮阳滋阴。当然，这里面含有广告成分，不可完全采信。

前面说了，吃羊酱，只是吃羊肉的借口或代名词。吃肉才是本意，也是最终目的。而且要从头到脚都吃完，叫通吃。羊脸皮，烧皮洗净后用高压锅镇一下，再焖。羊排，可生焖，最好是腌制后烧烤。羊骨，配以黄豆熬汤。羊骨黄豆汤，绝对是餐桌上一道靓汤。据说飞天第一人杨利伟从太空回来，喝的第一口汤就是羊汤。羊肚，通常是爆炒，其实酸菜炖羊肚是最可口的一道菜。羊肝可干煎，也可用羊网油包裹后，炸成"羊包肝"。肉的部分可水煮、炸扣、白切和生焖。这里特别介绍一下黑豆羊肉，这道菜确实很不错。先用黑豆和羊肉一起煮，直到肉质变软变黑捞起切块。羊肉和黑豆的味道，很好地融合在一起。如果水煮羊肉，不妨加一条鱼，最好是红水河鲤鱼。鲤鱼煎得焦黄后，放入锅里和羊肉里再煮。鱼和羊，就是一个"鲜"字。至于味道鲜美不鲜美，你尝了就知道。

阿兴弄羊蹄，自有他的一套。他不用姜，不用蒜，不用大料焖，就用一瓶低度酒加上蚝油放到高压锅和羊蹄一起去煮。这种颠覆传统的做法，烹饪出来的羊蹄，口感很刺激，很另类。阿兴取其名曰："崇山醉蹄"。

阿江进到厨房来，说既然你们来了，干脆把你们的绝活儿都教给两位徒弟，以后就不用劳驾师傅亲自掌勺了。这样也好，我们也可以轻松一些。要知道，完整地从头到脚弄一只羊的菜肴，那是相当费工夫的。往往一桌"全羊宴"弄下来后，下厨的人坐到桌边时，连动筷子的欲望和力气都没有了。

阿兴自告奋勇"传帮带"，他很乐意带徒弟，尤其是带女徒弟。他手把手地教那位肉嘟嘟的女徒弟制作羊扣，一再强调，扣肉一定要肥的才好吃。你闭上眼睛想一想，一口咬下去，满嘴细嫩的肥肉，那是一种怎样的爽快啊！肉嘟嘟的女徒弟在他旁边闭着眼睛，像睡过去一样安详。

我在客厅外面抽烟，阿江泡了铁皮石斛和普洱。我说我夜里睡不好，不怎么喝茶，平时喝茶都是凑热闹。阿江笑道，我第一次听说厨师睡不好。我心想，他肯定也是第一次见到这么瘦的厨师。他建议我喝些红茶，喝些普洱茶。他说人在害怕焦虑时，体内的肾上腺素等应激激素便会上升，时间久了免疫系统就会受到损害。乐观积极的心态，会启动体内的"放松反应"，促进机体完成自我修复。喝点红茶，喝点普洱茶，可以辅助生成这种效应。此外，红茶、普洱茶茶性温润，特别适合肠胃功能弱、畏寒怕冷、疲乏无力、面色苍白、心悸气短的人。如果阿江不是个搞建筑的，我绝对认为他是个推销茶叶的，是个传销者。

阿江递过一杯普洱：你尝尝看。

我接过茶杯，轻轻地吹了吹气，喝了一口，确实品不出茶以外的味道。抬起头来，看到对面墙上挂有两幅字。字嘛，比较纠结，是不是书法作品，我不敢妄下结论，但可以辨别出来。一幅写着：你的心态，决定茶的味道。另一幅写着：中国人可以借助茶，品味生命解读世界。

一拨客人来到，他们是阿贫、阿甫、阿强、阿蒙。阿贫重点把阿甫介绍给阿江，阿江说晓得，大名鼎鼎的捕快。两人握手，阿甫说，我们来打扰你了。阿江说，太客气了反而生疏，我经常跟阿贫讲，我有酒，你有诗，我们坐下来就有远方了，仅此而已。阿江逐一跟其他人握手后，带我们坐电梯上到楼顶观光。

四周崇山峻岭，重峦叠嶂——这是居住在崇山县城的人经常看到的风景。所谓观光，实际上是等吃。另外，在崇山，若是有人带你看风景，其实是在跟你炫耀，他家楼房有几高有几豪华。包括阿江在内喜欢炫耀的人，可能不知道有这样一个说法：炫耀是需要观众的，而炫耀恰恰让我们失去观众。

阿江公司的楼不算高，只有九层，但视野开阔，眼前的山河，尽收眼底。顺着阿江的手指往前看，我们自然看到了不远处的一座山。不一样的是，这座山的山腰被掏空了，像楼下立柱上被掏空内脏的羊，露出空洞的腹腔。阿江说那是他的采石场。他有三个采石场，一家混凝土公司。

阿强说，不都是你家的吗，还分什么公司？

阿江说，是一家，也不是一家。三个采石场都有股份，另有三本账。

阿甫说，股份还不都是你家兄弟姐妹的，外人还能入你家族的股。

怎么不能入？阿江说，采石场一开，炮声一响，他们就入到现在了。我不讲你们也应该明白，他们都是什么人。他们入的什么股，他们入的都是干股。

阿强说，我就是不明白，都是些什么人？

阿贫说，还能是什么人，管炸药的人呗。

阿江说，当年管炸药的单位建大楼，钱不够，每个采石场最少要给三十万。我三个采石场总共给了一百万，给了个整数。当年全市有多少个采石场，我也不晓得……阿贫提醒他：阿江，有些话点到为止，千万不要信口开河。

阿江说，这有什么呢，都是路人皆知的事，你们可以去问问别的采石场。

阿江调转手指方向，指引我们往后面看，那是一大片开阔的荒地。阿江说别看它杂草丛生，一点也不起眼，它可是价值连城。

阿蒙问，你的？

阿江说，我哪里有这个实力，是阿叔的。当年政府征收过，没征下来，阿叔手下几十把砍刀，挥舞几下就搞掂了。

阿甫说，当时你在现场？

阿江说，我当时没在现场，但我有人在现场。

看完风景，我们从楼顶下到九层。九层是一大间空旷的房子，没有间隔，也还没有装饰。阿强问道，这层就这样闲置了？

阿江说，哪里！在等阿贫的手笔，当然也等各位的手笔。

阿江计划把这整层楼搞成一个企业文化园地，系统展示采石场、混凝土公司由小到大、由弱变强的嬗变历程，包括他个人的奋斗历程以及对社会的贡献。阿江请我们出谋献策，如何设计，如何展示。我心里想，看来这碗羊酱不是随便吃的。天下没有免费的午餐，也没有白吃的羊酱。没有很好建议的人，比如像我这种人，肚子里没几滴墨水，恐怕不好意思吃羊酱了。

阿甫像以往参加会议讨论发言一样，首先来个抛砖引玉，率先提出意见和建议。他说你搞什么文化园地，你不如搞一个采石博物馆，民间的。阿甫对博物馆很感兴趣，在省公安厅枪械博物馆，他见到了顶着他后脑勺的那把左轮手枪。阿甫继续发言：现在崇山民间就有不少博物馆，比如崇山奇石博物馆、崇山风炉博物馆、崇山傩面博物馆、崇山道袍博物馆，等等。崇山有那么多采石场，而且历史悠久，应该有个采石博物馆了，就是把你们这些挖山人，如何挖山不止的历史，全方位地展览出来。不过这个要整合力量，动员其他采石场参与进来，不要单打独斗，各搞各的，还要请专家来具体策划……阿强提醒他，讲点正经的，要对得起那锅羊酱。阿甫很正经地望着他：这个还不正经！博物馆难道不正经，不正经全国各地搞那么多博物馆干什么。你以为博物馆白看啊，都是要收钱的。

阿强说，这个最后要由阿江定，他是不是真心想做这件事。如果一个人想要做一件真正忠于自己内心的事情，那么往往只能一个人独自去完成。

这时，楼下的人喊吃羊酱了。

没上到楼顶观光的阿云、阿流、阿兴他们几个，直接在楼下先把羊酱吃了。羊酱不是上桌才吃，要提前吃，相当于开胃。吃了羊酱、羊活血，宴席才正式拉开帷幕。刚喝完羊骨黄豆汤，阿弟匆匆来到。

有人招呼他：你那么忙，也来啊。

阿弟说，再忙，也要和大师在一起啊。

羊酱已吃完，有人递给阿弟一碗羊活血。阿弟赶速度似的狼吞虎咽，不想咳了一声，两行"鼻血"当即流下来，宛如刚被人揍了一顿。

阿强惊讶地盯着他：蠢猪！

阿贫说，莫讲人家蠢，胡适先生从来不骂愚人之愚，他认为剥夺愚人的愚昧是不道德的。

阿强搁下汤匙，斥责转换成教育。吃了羊酱的他，口气变得温婉，像羊酱一样绵柔：以后啊，要注意了！同学请的饭局可以随便些，像个家里人。朋友请的饭局，可以大方些像个主人。上级请的饭局，要小心翼翼像个陌生人。请上级的饭局，一定要恭恭敬敬像个仆人。人家请的饭局，要按时赴宴像个客人……阿弟嘴上不服：刚才在会上被阿继叨扛（方言，批评），现在到饭桌上又挨你们教育，今天真是霉到底了。

阿强咦了一声，脾气又出来了：你还真把自己当一回事了！像你这种人，冠儿本来就要给阿继叮，脊背要给阿继踩，屁股要给阿继屙的，明白吗？

阿弟说，你把我当成母鸡了。

阿甫说，你跟阿继那么紧，他不可能叨扛你吧。

阿弟说，不要低估领导的智商，也不要高估领导的胸怀。

阿强说，你要成佛，先做牛马。

阿弟有一次喝醉后，对自己的成长历程曾有过一段告白。他说提拔，提拔，不光提，还要拔。拔字怎么写？左边一只手，右边一个友，光友还不行，还要有一点，这点是什么？你自己懂就是了。

阿江端上来一瓶六斤装老茅，说今晚总量控制，就喝这么一瓶。阿强拿过盒子，取出瓶子，用手机拍下背面的说明书，眯着眼睛看了一遍说，这酒是正的。

阿流凑过来问道，有什么依据？

阿强将手机屏幕放大说，这段文字中一共有两个"酒"字和两个"特"字。这两个"酒"字和两个"特"字，是有区别的。如果写得一样，那这瓶老茅就不是正货。阿流看了半天没看懂。阿强说文盲，没办法。只好逐字帮他辨别，为他解释。

阿甫说，这个鉴定法，我不认可。

阿强说，哪个让你认可了，你无须认可。你家里连半瓶老茅都没有，你只有内参。

大伙举杯，借花献佛，祝阿江生意兴隆，祝采石场越做越大，祝混凝土公司越做越强。阿江说，酒好喝，话好听。可是市场竞争越来越激烈，说不定哪一天就都是阿叔的了。

阿甫问道，你也跟阿叔要高利贷？

阿江说，不只我，崇山很多老板都跟他要。我那个混凝土公司还欠他一笔，不小的一笔。好了好了，喝酒别谈钱，谈钱不喝酒。阿江端起分酒盅，来，大伙一起干个"小钢炮"。阿云连忙阻止：老茅不能这样喝，这样喝可是暴殄天物。阿江直接来到阿云跟前：我们两个率先垂范，先干了。

我问阿流，阿江不是不能喝酒吗？

阿流说，有些场合不喝也得喝。

这时，阿林摇摇晃晃地进来，嘴里打着酒嗝。

阿流问他，你不是参加同学聚会不能来吗？

阿林说，必须来的，爬，也要爬着来。

阿强说，都阿公阿奶老头老太了还聚什么会。阿林说不但聚了，而且还扯得很。对着一堆油腻发福面目全非的男女，总会有人说，我们都没怎么变，其实都变得无影无踪了。

阿甫说，不是变了，是面具掉了。

阿贫说，被人揭下面具是一种失败，自己揭下面具是一种胜利。

阿强问，这话哪个讲的？

阿贫说，阿果讲的。

阿强问，哪个阿果？

阿贫说，法国雨果。

阿林坐下来说，这，这次同学聚会，来的都是有头有脸的，唯有个同学不言不语。问他，他说是个专家，享受国务院特殊津贴，这种场合不宜多说话。随后同学们频频向他敬酒。出来时我悄悄问他，你享受国务院什么津贴？他说低保。说罢自个儿哈哈笑了起来。

阿贫说，这个是微信上的，别骗我们。

阿林说，信不信由你。他端起酒杯：我迟到，自罚三杯。一口气连喝三杯，倒了一杯敬给阿江：有一句话，我，我一直想问你，不晓得该不该问。

阿江说，你问。

阿林说，你姓石，为什么要开采石场？你这不是搬起石头砸自己的脚吗……阿贫呵斥他道，你这是废话，喝多了就闭上嘴。

阿江没有生气，说阿林问得好，最近我从微信上看到有"灵魂八问"，很经典：配钥匙师傅问，你配吗？食堂阿姨问，你要饭吗？算命先生问，你算什么东西？快递小哥问，你是什么东西？上海垃圾分拣阿姨问，你是什么垃圾？网约车司机问，你搞清楚自己的定位没有？理发师傅问，你自己照镜子看看，行吗？小区保安问，你是谁？你从哪里来？要到哪里去？阿林你这是第九问，你姓石，为什么要开采石场？你这不是搬起石头砸自己的脚吗？有意思，真有意思。不过，你这个问题，我确实回答不了。我倒是想起一句很有意思的话来，大意是，金钱与名利都是粪土，但我不得不在粪土上生存。

六斤装老茅喝光，阿江还要再开一瓶。

阿甫说，不能再喝了。

阿林说，我个人意见，还是再开一瓶。他的口齿一下子变得伶俐起来。有些人就是这样，他虽然口吃，但你让他唱歌就很顺畅。阿林说我跟你们讲啊，那年"非典"后，国家白酒行业协会得出一个结论，酱香型白酒对控制病毒传播有一定效果。该类型53°白酒喝三两能够减少30%的人员流动，喝半斤能够减少72%的人员流动，一斤以上减少98.6%的人员流动……他伸手要拿酒瓶。阿甫一把抢过，将酒瓶搁到桌子下面，别喝了，我要跟阿江谈点正事。他问阿江，你刚才在楼顶上讲，你当时有人在荒地强征现场？

阿江说，那当然，我可不是那种随便讲话的人。

阿江站起来进到一间房子里去，出来时手上拿了一盒录像带，说当时的情形都录在里面。阿贫接过一看，是电视台以前摄像机用的那种录像带，是那种"小二分之一"的带子。阿江告诉阿贫，当时悄悄地请你单位的人来偷拍的。

局里的人？阿贫说，我怎么没晓得。

阿江说，不可能让你晓得。

阿甫问，这种老带子，现在还能看得？

阿江说，怎么看不得？

阿江拿着带子来到电视机幕墙下，从一排机柜格子拿出一台老款式播放机，接上电源，摁下开关，电视机屏幕当即出现清晰的画面：

一帮群众围拢在一堵用水泥砖砌起来的围墙前，他们或蹲或站着。彼时，十几辆柳微车开过来，停住。从车上下来一伙人，他们头上缠着白布条，肩上扛着砍刀，呐喊着冲向围墙前的群众。围墙前的群众，一下子四处逃散。

冲在砍刀队最前面的三个人，很面熟。原来是上次一起在阿叔别墅吃地羊肉的那三个人,他们是阿叔的马仔或者弟弟。

看完录像带,阿弟慎重地提醒阿江,也是提醒我们:这个带子大家看了就看了,这都是自家兄弟的事。带子的内容最好不要传出去,不要扩散出去。我们这个群里的人,哪一个出了事情,对大家来说都是噩耗。要是有哪个不幸了,听到的都是哀乐。

离开阿江公司,我们每个人都收到一条长长的微信,是昵称"浪迹天涯"发的。微信写道:真正的友谊,不是花言巧语,而是关键时刻拉着你的那只手。那些整日围在你身边,让你有些小欢喜的朋友,不一定是真正的朋友。能走过一年的不容易,坚持两年的值得珍惜,能相守三年的堪称奇迹,熬过五年的才能叫知己,十年依旧还在的,就是你的后天亲人。在这个明哲保身的年代,多留意身边的朋友,多一些理解,少一点算计。学会感恩,把对你好的人放在心上。人性最大的愚蠢,就是彼此之间互相为难。

阿甫问道,这个"浪迹天涯"是哪个?

阿流说,"浪迹天涯"就是阿弟。

阿强说,阿江不是很喜欢格言、喜欢名言警句吗,阿贫你把阿弟转发的心灵鸡汤,都打印出来,贴满他公司九楼的墙面,不就成为企业文化了吗?阿贫回了他一句,你真是没良心,还好意思吃了人家的羊酱,喝了人家的老茅。

第六章　双边肠

通常我们赴"阿流家宴群"内的宴席，都是空手而去，这是彼此之间达成的共识。理由很简单，一方面是彼此之间没有必要如此客气，另一方面是我们在崇山属于空巢老人，平常家里就一个人，多余的食物对我们来说简直是垃圾，我们哪有时间清理。平时多是粗茶淡饭，只有聚餐的时候我们才会"大吃大喝"。深受传统文化影响的我们，开始空手去的时候，总感到有些不自然，还曾经遇到过一件极为尴尬的事。那次去的是阿明家。阿甫、阿强、阿蒙、阿流和我，我们五个一起去。我们买了水果、牛奶、饮料去。没承想宴席结束离开时，阿明家那只罗威纳，咬着阿蒙的裤脚，死死不放。主人阿明吼它几声，它还是不放，像是要挽留我们过夜。想了半天，原来是进门时阿蒙两手空空。其实阿蒙也是买了东西的，他买了一件牛奶，这个我们都可以作证。只是那天他椎间盘突出，我就帮他扛了牛奶，导致他两手空空。可是罗威纳不明真相，不晓得他椎间盘突出，或者说它只注重物证。当了几十年法官的阿蒙，面对那只罗威纳，竟然无法为自己辩护，只好掏出五张百元大钞给阿明的父亲，罗威纳见状这才松开了他的裤脚。

这次我们去阿吉家,却打破惯例,买了不少礼品,大包小包的,每人还备了一只红包。为什么呢?因为阿吉的小儿子小可考上崇山高中(以下简称崇高),我们是去贺喜的,贺喜自然不能空手去。崇高是崇山的重点中学,是省里的示范高中,年年都有十五六个学子考上清华北大。外地好多家长纷纷找关系,送子女来崇高就读,崇山的房价因此飙升。阿吉的小儿子小可能上崇高,确实很不容易。不过不是考上的,是阿贫通过关系弄进去的。本来小可的中考分数只上崇山二高,并且已被二高录取了。阿贫以一个知名作家的身份,分别找了崇高、二高的校长。二高同意改录,崇高同意补录。阿贫再跑到市教育局,找到局长同学,重新发出学籍档案。这就是阿吉请我们今晚去他家吃饭的理由,也是我们不能空手去的理由。年龄与我们相仿的阿吉,还在为儿女读书问题烦恼,而我们的儿女都已成家立业,生儿育女。当我们都已升级成为成功(公)人士时,阿吉的小儿子才上高中。他和我们都是"阿"字辈,可还没资格晋升"爷"字辈。

阿贫与阿吉相识缘于阿贫的一部长篇小说,小说名叫《崇山风云》。讲述崇山莫氏刘氏两大家族,世代结仇,势不两立。后来日军入侵,占领崇山。大敌当前,莫氏刘氏两大家族化干戈为玉帛,携手同心抗击鬼子,谱写了一曲可歌可泣的民族团结赞歌。

作为莫氏家族的后代,阿吉很喜欢阿贫这部小说,尤其喜欢小说中那个叫苗月的女主人公。后来阿吉和阿贫合作,找了知名导演章导,把这部小说拍成了电影,拍摄投资是阿吉那几年搞房地产所赚的钱。再后来，电影获得一个大奖，票房也不错，收回成本还有盈利。

那年拍《崇山风云》时，阿甫、阿强、阿蒙、阿流、阿兴和我，周末都去片场探班，那是我们第一次看拍电影。电影画面很精彩，可拍摄的过程一点都不好玩，一个镜头往往要多个角度重复拍好多次。去片场多了，我们就跟那个章导混熟了。章导让我们六个人，扮演入侵崇山的鬼子小分队。阿流送章导两条"软中华"烟，得以扮演鬼子小队长。鬼子小队长有一场单独的戏——调戏民女。阿流以为可以借机"调戏"一下饰演民女的女明星，充满了期待。结果不是，那个民女也是一个群众演员扮演的，是商业街卖龙棒的达萍。达萍的快餐店负责给演职人员提供盒饭，她因此当上了一回演员。阿流一看民女是达萍，当即不演鬼子小队长了，他向章导推荐了阿明。阿明屁颠屁颠地跟着阿流来到片场，穿上鬼子小队长戏服。众目睽睽之下，阿明的身体刚触碰达萍，章导就喊了一声"停"。阿明以为重来，章导说过了。好多场戏要拍好几次，唯独鬼子小队长阿明调戏民女达萍这场戏一次通过。我们的戏也很短，在与莫刘家族联军的遭遇战中，我们这六个鬼子，从背后偷袭刘家头人阿德，被莫家头人阿才击毙。我们躺在寒风刺骨的坡岭上，身上淌满猪的鲜血。

阿贫带我们连续找了三个地方，才找到阿吉的家。我们本来是去赴宴的，竟然变成去找吃的了。阿甫分析说，从这点可以看出，阿贫你已很久没跟阿吉联系了。阿贫承认，他们两人确实蛮多年没见面了。这次为了小可升学的事，他们也只是电话联系。到市里找局长同学,也是阿贫自己开的车,自己一个人去落实。阿强说这就是人情,人情就是这样,人情是要还的。当年你拿了人家一百万改编费,如今也该帮帮人家的忙了。阿贫说哪有一百万,只有一半,五十万。

我们首先前往乌水河岸别墅区。八年前,《崇山风云》就是在这里由小说变成了剧本。那时阿贫吃住就在阿吉别墅这里,整整住了三个多月。直到全体剧组人员演职人员进驻崇山,阿贫才搬到宾馆去住。

阿甫说,要是阿吉当年继续搞电影就对了,他不是很喜欢影视吗,后来怎么不搞了?

阿贫叹了一声,这个说来话长。

开始阿贫以为阿吉喜欢小说中的那个苗月,上个世纪四十年代刘氏家族的那个大家闺秀。哪晓得阿吉喜欢的是现实生活中的另一个苗月,上个世纪九十年代一个艺术学院的女大学生。这个女孩从高中起就得到阿吉的资助和培养,阿吉的目的是用她替换原配。这个九十年代的女孩苗月,读了《崇山风云》后,也喜欢上了这部小说,缠着阿吉买下影视改编权,而且要搬上银幕,她要主演小说中那位和自己同名同姓的大家闺秀。

阿强说,你这是为人家量身定制。

阿贫说,巧合,纯属巧合。

阿甫说,后来不是演了吗?

阿贫说当然演了,哪想到戏外有戏。剧组一解散,演员苗月就杳无音信,下落不明了。

过后有人说苗月假戏真演,她演刘家闺秀的同时,跟剧中演莫家公子的男一号好上了,电影一封镜就跟男一号私奔。阿贫不认同这种推测，整个拍摄过程他自始至终在片场，跟全体演出人员一起住宾馆，吃盒饭，没看出任何苗头或端倪。苗月不辞而别，应该是另外一种因素。

阿蒙说，天！阿吉这不是赔了夫人又折兵，而是折寿了。

阿贫说，可不是嘛，那时他刚跟原配协议离婚，净身出门。一听苗月跟别人私奔了，当即吞下半瓶安定片。所幸被手下人及时发现，送到医院灌肠后，捡回了一条性命。

来到一栋别墅前，阿贫下车来，熟门熟路地上去按了门铃。按了几次，门里面没有动静。太阳很大，我们站了一下子就已汗流浃背。阿强提醒他：门铃可能坏了，你敲门吧，敲狠一点。阿强说，坚韧是成功的一大要素，只要在门上敲得够久，够大声，终会把人唤醒的……大门打开，被唤醒出来的是一位妇人。阿贫正要进门，被妇人拦住：请问你们是什么人？

阿贫说，莫总约我们来的。

哪位莫总？

莫吉老总。

这里没有姓莫的。

阿流悄悄地说，这个别墅疑似是阿叔的了。

阿贫拿出手机拨打阿吉电话：你到底住哪里啊？

阿吉说，你现在到哪里了？

阿贫说，我到乌水河岸别墅这里。

阿贫收了手机说，走，这栋别墅不是他的了。

从别墅区出来，阿贫把车开往供销小区。阿吉终于给他发了定位，这个地方才是阿吉现在的居住地或落脚点。我总觉得阿吉对他住的地方遮遮掩掩的,像个逃犯在隐匿藏身地。可我们不是警察,是他请来吃饭的客人。

来到供销小区停车场,阿甫说,这个小区不错,有这么多的停车位可以免费停车。大伙从车上卸下东西,阿贫再打阿吉电话:你露个头给我看看,你到底在哪栋楼?我们所有的脑袋立即仰成四十五度角,朝两边的高楼望去。有几颗脑袋探出窗户,但没有一颗是我们熟悉的脑袋。阿贫对着手机再问,你到底在哪里嘛?廉租房?继续往前走?

我们只好把卸到地上的礼物,重新捡起来。四周没有一棵树,唯一的阴凉处是我们的影子。我们互相踩踏彼此的影子,将礼物重新搬回车上。

阿甫说,既然选择做别人的影子,就要有被践踏的自觉。

阿强说,咦,原以为你只懂"得跃",没想到你还晓得"践踏"。

车子开到供销小区尽头,见到一栋明显新建不久墙体却已斑驳陆离的楼。楼前是一堆垒着垃圾袋的垃圾。车子刚停下来,几只老鼠就像逃犯一样从垃圾堆里落荒而逃。

一听说上到八楼,阿流就打退堂鼓了。他最喜欢"8"字,手机号码尾数全是"8"。可他却说,没有电梯的破楼,发什么发,上楼下楼乏死你去。大伙上气不接下气地爬着楼梯,不约而同地面对一个活生生的现实:当年的崇山首富,现在住进了廉租房。真是应了那句话,三十年河东三十年河西。

每上一层楼,我们都要集体停下来,休息片刻。

阿蒙说,人们似乎每天都在接受命运的安排,实际上是人们每天都在安排自己的命运。

阿甫说，哪有命运这个东西，一切无非是考验、惩罚或补偿。

阿贫说，这话好像是阿泰讲的。

阿流问，阿泰是哪个？

阿贫说，讲了你也不懂，伏尔泰。

阿蒙说，阿泰讲得对，命运确实是不存在的，它只不过是失败者逃避现实的借口。

阿流说，我什么都不懂，我只懂得我老了，我一爬楼梯就意识到自己彻底地老了。

阿甫说，我比你老，我还来不及认真地年轻过就已经老了。到我明白过来时，只能认真地办理老去的手续。

阿贫说，你这话也是盗版的。

阿甫说，不是盗版，是引用，稍微改编了一下。

阿强说，我只懂得爬楼梯最省力的办法，就是不要放屁。

阿流说，到底是放屁还是讲话。

阿强说，都一样。

开门的是一位少年，瘦高个儿，像一根纤细的竹竿。见到我们他很有礼貌地招呼道，贫叔好！各位叔叔好！少年正是阿吉的小儿子小可。阿流喘着粗气纠正他道，是伯伯，我们比你老爸老多了。

阿吉扎着围裙出来迎接，阿贫介绍说，都是原班人马，当年的鬼子小分队。阿吉跟我们招招手，他说饭菜很快就得了，大家先坐着聊天。

我们在窄小的客厅挤着坐下，小可从冰箱里拿给我们每人一瓶矿泉水。阿流接过矿泉水，拧开瓶盖，咕咚咕咚一口气喝掉了三分之二。

小可进房间去，阿甫小声提醒阿流，等下喝酒可不能这样开闸放水，要开源节流，要充分认清目前阿吉已经返贫回到从前的现状。

墙上有一幅字，阿甫念着：数竿修竹三间屋，一席清风万壑云。他说阿贫，我发现你写的字比你写的小说好。

阿蒙说，他熏的腊味比他写的字好。

阿强进一步说，他编的故事比他熏的腊味好。

阿甫说，那就来一个呗，阿贫，你蛮久没讲故事了。

阿贫说，故事也不是想讲就能讲出来的，得有灵感。这时，楼下传来嘭的一声响，阿贫一下扑到窗前，停车场有几个小孩在玩足球，估计是踢出去的球砸到了哪辆车上。阿贫朝他们吼了一声，那几个小孩像垃圾堆里的老鼠四处逃散。阿贫坐回来说，妈的！那年公车改革消掉公车编制后，有关部门来盖章确认，我才晓得单位有三辆公车编制，却一直只给我们使用一辆，另外两个编制给人家霸占了。相当于过去有三个老婆指标，只给娶一个，另外两个让人家娶去了。等到她们去世了就来报丧，让我负责给她们做法事开道场，名分或指标在我这边嘛。这是什么道理嘛，人让他们睡了，死了让我来埋。

阿强说，我听过很多道理，却依旧过不好这一生。你这个消编不精彩，阿明复婚才精彩。阿甫提醒他：小声点。

阿强把音量降下来：话说阿明跟他原配离婚后，原配拿着巨款很快嫁了人。不久，阿明又跟原配复婚。问他为什么，他没有直接回答，而是说他买车的事。他说当年买了第一辆豪华私家车，开了十万公里后卖给阿流。阿流拿了车后不心疼车，第一个月就把车撞了四次。平均一个星期撞一次，车子待在修理厂的时间比在路上的还多。阿明心疼了，又把这辆车从阿流手上买回来。

阿贫问阿流，真有这回事？

阿流说，哪是什么豪车，是一辆二手走私车，右舵的，方向盘在右边。怎么开怎么别扭，每次挂挡，手都是去摸右边的门把，不撞才怪呢。

小可从房间里出来，手上拿着一本厚厚的书。

阿甫问他，你在看什么书？

小可把书递过来，是一本《大国的兴衰》。阿甫接过书：哟，作者是保罗·肯尼迪，美国耶鲁大学，历史教授。这本书你能看得懂？

小可说，替我爸看。

阿甫一脸疑惑：替你爸看？

小可说，是的。

阿甫问，看出了什么名堂？

小可说，看懂了一句话。

阿甫问，哪句话？

小可说，帝国的衰败往往在于力量的过度伸展。

阿甫说，乖乖，你可以不读高中了，你直接上大学得了。

小可一脸严肃：你又不是大学校长。

阿甫问他，你爸的力量是否有些过度伸展？

小可拿过一只塑料凳，在阿甫面前坐下来，像电视节目里的特约嘉宾，接受阿甫的访谈。小可说，我爸开始是做房地产的，后来又搞酒店、养老院、私立医院，还搞了个小型水电站。

这个小水电站我知道，开工那天，阿吉请我和阿兴去筹办开工宴。后来项目被当地群众阻工，断断续续搞了几年才勉强建成发电。

小可说，正因为战线拉得太长，顾此失彼，资金很快就断链。自从我爸跟阿叔要高利贷的那天起，他的庞大帝国就像当年进攻莫斯科的德军，一步一步地陷入冰天雪地。

我进到厨房去，不是跟他们搭不上话，而是感觉阿吉说饭菜"很快就得了"变成"很久了"。进到厨房，天！阿吉还在切猪肠，不慌不忙地切。时而拿起肠子凑近鼻孔，闻闻是不是有了气味。我说阿吉你早该叫我进来了，你这个进度晚餐会变成了宵夜。阿吉说很快了，切好了直接下炉子，吃火锅。

阿吉切的肠子，可不是普通的猪肠子，是双边肠，也叫"粉肠头"。这双边肠，不是每个人都能吃得上的，有的人一辈子可能都没吃过。一头猪的小肠只有十公分这样属于双边肠，有的猪一公分也没有。双边肠特别脆，特别可口，是一头猪最好吃的肉件之一。通常一头猪弄好了后，屠夫把最好吃的东西先吃了，其中就包括这一截双边肠。超市里你看到顾客拿着镊子在肠子堆里翻找，很大程度上就是寻找这截肠子。他哪里知道这截猪双边肠，早已在屠夫肚子里的双边肠里边了。阿吉整整切了两盆，他说这是五十头猪的双边肠。这不奇怪，在所有的资产房产都抵押给阿叔之后，阿吉变成了城西屠宰中心的一名员工，就是个屠夫。

再好吃的东西，只吃一个花样也会腻的。我把双边肠分成四部分，第一部分下炉子，吃火锅。这部分用料酒、食盐、花生油、姜丝腌好就可以了。第二部分是爆炒，配以洋葱、蒜苗、胡萝卜和木耳。第三部分是生焖，主要配料是料酒、生姜、蒜头、西红柿、十三香、鸡精、生抽和蚝油。最后一部分是白切，白切就简单了，焯水后用高压锅压几分钟就可以了。前提是要有高汤，比如鸡汤鸭汤。高汤有了，晚宴除了双边肠，阿吉还煮了一只鹅，当然主菜是双边肠。配料、配菜都准备齐全之后，我提醒阿吉可以摆开桌椅，摆上碗筷杯子，十分钟后熟菜上桌。我架起两只炒锅，扭开两边火灶的火，左手焖，右手炒，左右开弓。阿吉在一旁切鹅肉，一面切一面自说自话：我终于明白了，肠子一锅吃，那是吃猪肠子。你这一复杂化，就变成了猪肠宴。一字之差，取决于花样。

刚一开场，阿吉就感慨不已，他说人落魄时才知道谁的手最温暖，他提议先干一杯。酒是习水大曲，阿吉说我只有这种酒了，不过蛮有年头的。他端着杯子站起来，阿蒙手拿筷子阻止他：别别别，先吃东西，我今时年过花甲，从未见过如此丰盛的双边肠。阿蒙不说"这么多"，说"丰盛"；不说"六十"，说"花甲"。可以肯定，跟大师在一起吃饭，不会长体重，只会长知识或学识。

阿甫说，大厨肯定见过很多。

我说，我也是今天才见到如此丰盛。

阿吉说，不就是猪肠子嘛，又不是什么稀罕的食材。他说微信圈有一段话被众人点赞：最舒适的枕头是疲惫，最美味的佳肴是饥饿，最有效的教育是苦难，最动人的美丽是距离。大悲大喜时看清自己，大起大落时看清朋友。

阿贫说，你这段网上心灵鸡汤，还不如桌上这锅鹅汤甜美。他很谦虚却又恰如其分地替自己表明态度。

阿蒙将我表扬了一番：大厨就是大厨，一根猪肠子让你弄出四个花样来。双边肠本来就好吃了，你这样一弄就更好吃了，总的口感不变，又各有各的味道。阿流替没来的另一厨子阿兴打抱不平：关键还是食材，你摘几片柚子叶给阿杰试试看，他能烹饪出美味佳肴来吗？巧妇难为无米之炊，讲的就是这个道理。阿流有个侄子也是个屠夫，经常给他提供新鲜稀奇食材。他每个星期的早餐，有两天吃的是"生榨米粉＋双边肠＋黄喉＋隔山＋里脊肉"。所以，面对满桌的双边肠，他的筷子反应迟钝，是完全可以理解的。

阿甫夹到一截肠子，细细地端详着。那截肠子有些偏长，显然是刀功问题，切的时候"漏刀"了。阿吉伸过筷子，要夹回去。阿甫一把将它送进嘴里，一面咀嚼一面说，为人处世不可花花肠子，但也不能一根肠子直到底。阿吉你的肠子一定太直了，比这双边肠还直……阿吉说，完全正确，一语中的。所以借阿叔那三千万，现在变成了一个亿，我变成了今天这个样子。

桌上一派肃穆。

阿甫说，人穷别发话，位卑莫劝人。对你落难，我们也没本钱可以安抚你，反正你喊喝酒我们就一如既往地来，随叫随到。就像今天一样，也不一定都吃双边肠。阿贫你哪天情绪好，再给他抄一幅字，抄杭州灵隐寺那副对联：人生哪能多如意，万事只求半称心。人生历来祸福相依，笑泪交织，得到不可大喜，失去无须过悲，没有什么可以永久停留的。

阿贫说，阿吉现今已走出冰天雪地了，他现在只担心一件事，他怕他配不上自己所受的苦难。

小可从里间出来，递手机给阿吉：阿叔找你。

阿吉接过手机说了几句就按下免提，搁到桌面上，手机像一只扩音器继续播放阿叔的声音：你这个野仔，我跟你讲，你莫要耍滑头，莫要学赵本山演小品，以为换了马甲我就认不出你这个王八乌龟，你那个城西屠宰中心到底怎么回事？

阿吉说，跟你讲过多少次了，那个屠宰中心不是我的，你就是不信，我的资产已被你全部掠夺了……你的资产？阿叔说，你什么时候有过资产？你是说那些酒店、医院、养老院、水电站吗？这些本来就是我的……阿吉一把拿过手机，对着屏幕大声吼道，阿七！我告诉你，你做合适就得了，不要欺人太甚。你以为你有枪我就怕你吗？我已经不怕你了，有胆量你现在就放马过来，我在家里搭擂台恭候你……阿甫一把抢过手机，挂掉，说阿吉你喝多了。阿吉说不多，这野仔惹我上火了。

阿甫拍了拍阿吉的肩膀：晚上一定要稳住，不要在喝醉时打电话，不要在晚上做任何决定，矫情的话愤怒的话尽量憋在心里，天亮了你会庆幸没说出口。

走向停车场，我们看到一辆悍马H2从外面疾驰而来。

阿叔来了，阿贫提醒阿甫。

阿甫一掌拍到阿贫后腰上：慌什么，走稳点，他来了又敢哪样？晓得是我们他绝对不敢上楼。

阿贫还是不放心：你有这个把握？

阿甫说，别理他，把车开出去，给他带路。

走出供销小区大门不久，那辆悍马H2已跟在我们后面不远处。

第七章　铁板烧

　　动员阿甫到阿明家吃饭，简直是费尽唇舌。阿甫极不情愿跟我们一起去，理由不是血压高身体不舒服不想喝酒之类，他直接说他不喜欢阿明这个人，不想跟他同在一张桌子吃饭。他私下对我们说过，他觉得阿明这个人，疑似电影《难忘的战斗》里那个潜伏在我军内部的内奸刘志仁，提醒我们离他远一点。为此他还建议群主阿流将他移出"阿流家宴群"去，以纯洁组织，消除隐患。显然退休后阿甫的意见或脾气，只能算是一种社情民意，只能反映反映一下，不说白不说，说了也白说，至少目前阿流不会把阿明移出群去。作为"阿流家宴群"的新群主，阿流肯定要重新洗牌，但一上任就频繁地"动人""清群"，都属于根基不牢信心不足的体现。

　　我们这个"阿流家宴群"是个老群，老字号，是崇山最早的一个群。建群时间是六年前的七月份，地点是在阿流家，原群主是一个叫哥意的兄弟。年前哥意突然进去后，阿流被大伙推举为新群主。阿流履新后烧过一把火，这把火火势很旺，他把一个昵称"短火"的群员移出本群。

　　"短火"是谁？就是阿叔。

在崇山一带，短火是旧时短枪的别称，也就是手枪。

阿叔被移出的理由很充分，他在"阿流家宴群"内妄议阿继。说阿继原配以前妻的名义到崇山承揽工程，分包工程。年前城区那个亮化工程本来是他做的，阿继一个电话，不由分说就把"光明"项目给了原配，却让阿叔继续发挥"手电筒"的作用。"手电筒"就是挂靠公司资质，就是"照电灯泡""打掩护"。这还得了，这不仅是妄议了，是重大舆情了，阿流不得不将阿叔纯洁出群去。在崇山，敢于在微信群里纯洁阿叔的，也只有阿流。

阿叔被纯洁后，也只嘿嘿两声就安静了。

现在"阿流家宴群"里的群员，都是阿流经过严格甄别之后才拉进来的。如果不是给他丢脸丢得太不像话，他不会轻易把他移出群去。手背手心都是肉嘛。何况阿流跟阿明的关系不一般，当年阿流刚出道，阿明给过他一笔贷款。阿流经常挂在嘴上的一句话是：当我们成为金子的时候，别忘了分离我们的矿石。对阿流来说，这块矿石是谁不言而喻。

和以往一样，阿明的邀约通过阿流转达，并负责召集，将我们一个不少地招呼到阿明家去。上一次阿甫在集结地不想上车，这一回他直接在电话里拒绝了。他的态度比上次还要坚决。他说阿流，你再喊我爷我也不会去了。阿流说这回你不再是爷，是孙子。阿流还说了什么，我们没听清楚，反正不到十分钟，阿甫就匆匆赶到。阿流到底用什么招数将阿甫激将出来，当时我不得而知。

上车前阿甫提醒大伙：就这样空手去吗，阿明家那只罗威纳那一关怎么过？大伙这才想起罗威纳咬过阿蒙的裤脚。阿流坏坏地笑着，有些幸灾乐祸，他说罗威纳不幸归天了。

在前往阿明家的路上，我们随着阿流的讲述，一起回到罗威纳遇难现场。

那天黄昏，罗威纳跟着保姆在小区散步，走着走着，迎面走来一只牧羊犬。估计两犬暗里下过帖子，约过架了，招呼没打一声，直接就干上了。照说牧羊犬的体形和基因占上风，哪知却被罗威纳完全碾压，呈一边倒的态势，像传统武术被自由搏击打爆。准备夜练的牧羊犬主人，哪见得自己的宝贝吃亏，他一把抽出长剑，凌空挥去，将罗威纳拦腰劈毙……阿甫插话道，这种现象延安时期有过发生，一个名叫阿洛夫的苏联医学专家，养了一只宠物，名字叫涅灭茨查巴剌衣，意思是德国鬼子。有一天，阿洛夫和他的中国女秘书在延河边散步，涅灭茨查巴剌衣，也就是德国鬼子与老乡的狗狗干了起来。阿洛夫当即掏出手枪，把老乡的狗打死了……阿流说，饱受丧犬之痛的阿明，在小区里守候。远远地，那只神气的牧羊犬和它的主人出现了。牧羊犬主人的长剑，原本装在一个皮套里。此刻他却裸剑扛在肩上，寒光闪闪，似乎时刻迎接一场决斗。阿明见状只好将头扭过一边去，还不够，身子也扭了过去，和脑袋保持高度一致。他在心里反复地说服自己：向小人低头，向对手低头。

我们去的不是罗威纳遇难的那个小区，是阿明在乌水河岸别墅区的另一个家。我们显然来早了，不是一般地早，是相当地早，以至家里只有阿明请的两个厨师在忙碌，别的一个人影也没有。我们可是准时来的，准时变成了提前，而后面迟到的则变成准时。

墙脚的落地钟正好显示六点三十分,我们刚换上拖鞋,它就当地报了一声,似在履职,兼顾招呼客人。当然,这纯属偶然踩到点上,相当于一滴雨水落进枪管里。

现今人们很少在家里摆放这种落地钟了,除了俗气,还占地儿。阿明仍然摆它在那里,显然是怀旧也是炫耀或显摆。它是一尊落地金钟,它被相当分量的黄金包裹着,点缀着,让人觉得金贵。它的每一声报时,都充满含金量——预示着时间就是金钱。其实刚才我们听到的那当的一声,不过是普普通通的钢声,绵绵的,底气不足,像老人脆弱的一声咳嗽。我们都知道,那是金钟因为零件老化而无法掷地有声,也不可能再掷地有声了。

厨房里传来扑打声,是人与动物搏斗的声音。我循声进去一看,原来是那两个厨师在杀大龙虾。他们将一只硕大的龙虾放到砧板上,用刀背去敲它的头。面对生命的终结,大龙虾张牙舞爪,拼命抵抗。两个厨师虽然戴了手套,却无从下手,只能漫无目的地敲击。

大龙虾不是这样杀的,我当即阻止他们愚昧的行为。我拉开冰箱,叫他们将大龙虾放进强冻屉,将两只大龙虾都放进去了。我说五分钟后,大虾会冻昏冬眠过去,你们就可以动手了。

两位年轻的厨师将我打量了半天:你是海边的?

我说,海边个卵嘛,崇山仔,山旮旯仔。

我在厨房里转了一圈,没发现我要找的东西。两位年轻的厨师告诉我,水果刀在客厅。我说我想了解一下,等下你们怎么处理那两只大虾。一个厨师举起砧板上的刀。我说你这个颠仔，弄大虾得有专用的小刀和剪刀，菜刀没有鸟用的。看来这两个颠仔真的不会烹饪大龙虾，我只得临时给他们传授技术要领，并交代他们烹饪方式。两只大龙虾，一只蒜蓉清蒸，另一只白灼，大虾的壳煮虾粥。当务之急是马上去超市买专用刀具。正跟他们说着，阿兴肩扛一只泡沫箱手拎一只盒子进来，说不用去了，他自己带来刀具了。

阿兴满头大汗，两位年轻的厨师上去协助他将泡沫箱放下来。泡沫箱里是金枪鱼，他和阿明刚从快递站接货回来。阿明手上也拎着两只小泡沫箱，里面装的同样是海鲜。

阿兴一面用纸巾擦拭额头上的汗水，一面责怪阿明。两人一起去快递站领取海鲜的时候是合作伙伴，领取海鲜回来后就变成了教育者和被教育者。似乎我们这些退休老人如果不教育一下晚辈，就体现不出"阿"字辈的威严来。阿兴的责怪充分显示他的预见性或前瞻性，他说要是他不多问两句，不带专用工具来，今晚大家就别想吃大虾了。阿兴说他才不稀罕日本金枪鱼，他只喜欢北海大龙虾。阿强当即指出阿兴的狭隘思想，把阿兴也教育了一下，说阿兴前面的一句话确实有大局观念，但后面一句暴露了他的本位主义。归根结底他还是为自己的利益着想，为自己的喜爱着想。

阿贫说，也可以了，他一个拿手术刀的，往往讲究小切口，哪能时常有开头颅那么大的境界！

阿强说，阿兴喜欢海鲜是个案，其实大部分崇山人是不喜欢海鲜的，越是山里人越不稀罕海鲜。他说有一次他的一帮崇山兄弟到他工作的沿海城市去看他，他请他们吃了一餐丰盛的海鲜。这帮兄弟回来不久,满意度很快就反馈过来了。说阿强这个鸟仔够小气了,一帮兄弟大老远去看他,他请兄弟们吃饭,一块肉也没有,全是骨头……阿甫笑道,真有这回事?

阿强说,可不,他们把海鲜的壳壳当成了骨头,而且把壳壳都吃掉了。服务员来收拾骨碟时,一片壳壳也不见,感佩远来的客人素质好,连垃圾都自己打包了……阿贫打断他:你这是埋汰我们崇山人,崇山人吃山螺都不吃壳的。

阿明有些坐立不安,他看了看腕上的劳力士,又对照那落地金钟,拿起手机再确认一遍,认定三个钟表的时间基本一致后对阿流说,你照顾甫哥他们喝茶,我去酒店接一个人。

阿林和阿云闲得无聊,进到厨房去观摩阿兴烹饪海鲜。今晚的主厨是阿兴,两位年轻的厨师成了他的帮手。我没有烹饪任务,终于成为一次纯粹的吃客。阿兴自称他弄海鲜也有一套,据我所知,他的那一套就是铁板烧或铁板烧系列。

阿林手上拿着一把刀,朝我招了招手:大厨你过来看看。

我上去接过刀子,翻来覆去地看,哪是什么专用厨具,是一把外科手术专用刀,医用的。当然,用来解剖大虾也未尝不可。解剖大虾实际上也是手术,只不过不是把大虾救活,而是将大虾做掉。

阿甫呢?门外传来台老的声音。

阿甫立即搁下茶杯,上前迎接。我于是明白他来阿明家,不是阿流激将他来,是老上级台老来他不得不来。

我们几个本来也想紧跟阿甫迎上前去,但远道而来专程而来的台老,只呼唤阿甫一个人的名字,我们只能望而却步。自觉在阿甫身后保持一定的距离，约等于在机场排队等候安检的距离。

台老与阿甫握手的时间比较长，至少有两分钟这样。中间两人已松开了一次手，台老回忆起往昔某一件难忘的事，又握住了阿甫的手，两只手又握在一起。

轮到与我们一一握手时，台老又特别强调，我是专门来看望阿甫的。似乎我们这些人无关紧要，可以忽略不计。

台老身后簇拥着一群人，一下子挤满客厅。有人碰了一下阿甫的肩膀，捉住他的一只手。阿甫扭过头来一看，是阿叔。

阿叔殷勤地招呼道，甫哥好！

阿甫颔首微笑。

见到阿叔，我彻底领悟了今晚宴席的主题。其实在阿流悄悄地告诉我台老专程从桂城来看望阿甫的时候，我已初步意识到了，现在是最终确认。

阿明招呼大伙直接坐到餐桌边来，将台老扶到主位上。台老礼节性地谦让了一下，顺理成章地坐下了。

尽管大伙都认识台老，阿明还是礼节性地介绍了一番，但他介绍台老成了另外一个人。阿蒙扯住他：错了，是台老，你把台老介绍成雕老了。

口误，口误，阿明赶紧纠正，并向台老道歉，对不起！对不起！脸上是掩不住的尴尬。

台老笑着说，感谢阿明，给我两次让各位认识的机会，重新认识的机会。崇山蛮多兄弟，我并不陌生，心里也都惦记着，像阿甫呀、阿七呀，等等。雕老，还有其他老猫老狗，本来也是要来的。因各自都有些特殊情况，暂时不能来，下次我一定组织他们来。

菜端上来，果然全是"铁板烧系列"：铁板烧大龙虾、铁板烧金枪鱼、铁板烧鲍鱼、铁板烧鱿鱼、铁板烧带鱼……桌上热气腾腾，腥味袭人。

台老叫住阿兴：你给大家解说一下，为什么都是"铁"系列？

阿兴说，很简单，因为在座的都是铁兄弟、铁哥们儿、铁杆儿……阿流小声道，还有铁公鸡。阿叔瞪他一眼：你才是铁公鸡，靠一张嘴巴，哄得母鸡围着你团团转。

阿强提醒阿明：你请台老发话呀。

台老推辞：阿明你发话。

阿明端起杯子：今日聊备薄酒，请各位新老客户干一杯……他仰头先干了，一见只有阿叔和阿流端着杯子，其他人纹丝不动，包括台老。

阿明说，怪卵啦？

阿强说，这要问你，你邀请的是农行新老客户，我们是工商银行的客户，我们都不是你的新老客户。

阿明说，不都一样吗？

阿强说，不一样，你以为你是指导行行长吗。

台老替阿明解围：我来发话吧，我提议，为大家兄弟般的深厚情谊，为各位的健康平安干杯！

大伙这才端起杯子站了起来。

阿强只抿一口，就说有啤酒吗，我喝啤酒。"阿流家宴群"的群员都清楚，一旦阿强在桌上说喝啤酒，就说明他鉴定到白酒不是正品。阿明面露愠色地说，老茅不喝，喝什么啤酒！阿强二话没说，直接进到厨房，从冰箱里拿出了几瓶1998。阿贫、阿蒙、阿兴也拿起玻璃杯，抢着跟他喝啤酒。

阿明不服气，他请台老主持公正。他说您老人家鉴定一下，这酒正不正？台老没说正不正，而是讲了一个故事。

某年，一位老领导在驻京办事处吃饭。才喝一口酒，他就说这老茅是假的。办事处的人一听就紧张起来，急忙向他保证，这老茅直接从厂里发货过来，绝对正品。老领导说，那这些年来我在桂城喝的都是假的……阿叔端起"小钢炮"：我看真的假的都比阿流家的土老茅强多了。他自己干了一盅。阿流承认道，那当然。就把他的"小钢炮"挪到阿甫面前：今晚老茅有限，你再干我这盅。

台老来到阿甫跟前：老哥来敬你一杯。

阿甫急忙站起来：我正要过去敬您呢。

台老说，家里都好吧？

阿甫说，都好，内人也退了，专职带孙子。

台老说，你看看，你比我小，都成功（公）了，我还遥遥无期啊！你经常回桂城吧？

阿强替阿甫回答：他不经常回的，他一回桂城，身份就要颠倒过来。

台老问，什么意思？

阿强说，阿甫在崇山是爷爷，回到桂城他是孙子，孙子成了他的爷爷。

台老说，爷爷是个危险的职业。

阿强击掌：台老有故事了，大家倾耳细听。

台老掏出烟来，阿明急忙拿走我前面的打火机，用拇指笨拙地搓动打火机的滑轮。搓了好久，没搓出火来。倏地蹿出来的火苗点燃了台老嘴上的烟，差些烧了台老鼻孔冒出的几根白毛。台老深吸一口烟，袅袅烟雾牵引着话题：话说"非典"时期，有一天儿媳要去买菜，孙子怕妈妈染上病毒，哭着不让去，说让爸爸去吧。爸爸说我是一家的顶梁柱，靠我挣钱养活大家，万一我发生意外，你们怎么生活下去，还是让爷爷去吧，爷爷皮老结实病毒攻不破。站在一旁的爷爷急忙说，这个病毒传男不传女，还是让奶奶去吧。孙子说不行，万一奶奶感染病毒死了，哪个给我们做饭！怎么办？全家思来想去决定举手表决。表决结果是一致通过爷爷去买菜，万一爷爷有个三长两短也不影响全家的生活。爷爷心里想，当爷爷太不容易了，操劳辛苦一辈子，连死都要一马当先。爷爷无奈地穿好外套，戴好口罩，大有壮士一去兮不复返的英雄气概。正要出门，却被儿媳紧急叫停。理由是爷爷是个退休老干部，每月工资一万多，不抽烟、不喝酒，还不买衣服，这一万多都是家人花的。爷爷万一光荣了，岂不是巨大损失。全家人再三权衡，最后决定菜不买了，饭不做了，从今儿开始叫外卖。反正花的是爷爷的钱，不花白不花，花了也白花，白花咋不花。爷爷心里五味杂陈地倚在门上叹了口气，唉，到哪里说理去呀，爷爷真是个危险的职业……众人发出欢快的笑声。阿贫一面鼓掌一面悄悄地对我说，网上的。呵呵，网上的也要鼓掌，要装着没听过的样子，恍然大悟的样子。这是一种常态，就像某上级参观一个实验室，工作人员给他脚套，他却戴到头上，所有陪同人员只好跟着把脚套都戴到了头上。

阿叔很兴奋，他提议"爷"字辈们集体喝一杯，你们太危险了太不容易了。可这一提议，并没有得到在场的"爷"字辈们的响应。这帮好不容易混到"爷"字辈的爷们，什么针眼没穿过，可不那么容易响应的。最简单到一杯酒，也不会轻易喝的，更不是阿叔这些人可以左右的。

台老回到原位，刚一落座又说，各位想不想听一听阿甫的爱情故事？

阿明说，甫哥能有什么爱情，他那个年代婚姻都是组织安排的。

别瞎说，台老严肃道，工作是组织安排，爱情是个人追求，大家想不想听？

大伙异口同声：想。

台老转身问阿甫，这个可以披露一下吧？

阿甫绷着下巴：可以。

台老开始讲述。

话说当年，阿甫看上了崇山县城厢公社的一个女孩。女孩身材窈窕，亭亭玉立。那双美丽的大眼睛，充满了柔情蜜意。好花百人采，好女百人爱。同时看上这个女孩的还有县直机关几个男青年干部。每天晚上，青年干部们有事没事都到女孩的宿舍去坐坐。怎么办？阿甫想出了一招，每次他提前到女孩宿舍。一到女孩宿舍，直接把警帽搁到女孩的枕头上，然后就到附近溜达。从此以后，再也没有第二个男青年登门了。

最后女孩嫁给了阿甫？

台老说，没有。

女孩没看上甫哥？

台老说，也不是。

那是怎么了？

台老掐灭烟头：有一天早晨，阿甫去找那个女孩，发现有个男青年在她的宿舍门前漱口。

阿流说，让别人捷足先登了？

台老说，也不是，那男青年和女孩同一排宿舍，他故意到女孩门前漱口，造成两人早已在一起的事实或假象。

阿流说，男青年一只口盅一把牙刷，比阿甫那顶警帽厉害多了。

台老说，是呀，你们晓得女孩后来嫁给了哪个？

哪个？

台老自己点了一支烟：你们猜猜？

茫茫人海，哪猜得着！

台老提示道，此人就在我们中间。

阿流站起来，将全桌人都看了一遍，眼光在几个可疑人物身上扫来扫去。结果他的眼神无奈地落在台老的半截香烟上，他期待台老尽快吸完烟。

台老道出谜底：此人就是阿强。

阿流啊了一声，大伙的嘴巴跟着张成了个O形。原来阿甫和阿强还额外有这样的"秘史"，原来两人之间还有这样的交集或竞争。

阿强用纸巾擦着嘴巴，把嘴角上的一粒肉擦掉了。阿甫面无表情地剔着牙，剔得一丝不苟。两人像是约好了似的随意地对视了一眼，平静得好像两人之间从未发生过任何不愉快的事情。这就是修炼，这就是涵养，更是一种境界。佩服。

来来来，阿叔端着两个"小钢炮"来到阿甫和阿强跟前：

原来你们两个是情敌！现在当着我们的面喝一盅，表明你们已化干戈为玉帛……不不不，台老过来接过"小钢炮"：我倒是另外有个提议。大家都晓得，在崇山这个戏台，阿甫和阿七都是有戏的人，两人之间曾经同台演过一出戏。二十多年过去了，这台戏的大幕已经合上，戏台上的锣鼓声也已远去……他侧向阿甫，话题自然也侧重在阿甫身上。台老说，这世上的事，原本件件都藏着委屈。若是真去较劲，最后只会让自己伤痕累累。但若放宽心，则可能会活得轻松愉快。台老提议，请阿甫和阿七碰杯，请大家举杯共同见证。

阿甫和阿叔同时接过台老手上的"小钢炮"，大伙也都端起了酒杯。阿叔趁机将装了矿泉水的"小钢炮"递给阿甫，悄悄地说，你要是不能喝，就干这杯，这杯是水的，我干真的。

乌水河岸别墅区门口，阿明在派车送客。不远处阿叔在招呼阿甫：甫哥，上车来。阿甫看了看四周：他们呢？阿叔说，都有安排了，我负责送你。阿甫见到我，拉着我上车来，对阿叔说，我们两个是同一路的。

车上，阿叔说，甫哥以后多多关照！

阿甫说，我都退休了，还怎么关照！

临下车时，阿甫轻声说道，那把枪，你最好不要留着……悍马H2像个醉汉趔趄着差点撞到路栏上。阿甫提醒阿叔：你这悍马刹车有点硬，要调一下。

第八章　腊味

　　起码有一个月，我们没聚了。没聚的原因是多方面的，群员不集中，有些回桂城了，有的出省旅游了。最主要的原因，是阿贫封闭创作一部反映扫黑除恶专项斗争的电影剧本《崇山飓风》。扫黑除恶专项斗争一开始，阿贫就敏锐地意识到这是一个重要题材，前段时间就已开始写了。阿贫一旦创作，就把自己封闭起来，像"非典"时期将自己隔离起来一样，与外面完全切断联系，电话不接，也不见人。有一位忠实的女粉丝，大老远从抚远市来拜访他，都被他拒之门外。抚远是个什么地方？那是中国陆地的最东端，是中国最早见到太阳升起的地方。那是个很远的地方，不然就不叫抚远了。抚远离崇山有多远呢，五千多公里。人家女粉丝从五千多公里远的地方来拜访，连门都不开，面都不给见，足见阿贫的创作定力了。

　　阿贫一封闭，自然拒绝所有的应酬，雷打不动。餐桌上缺了阿贫，聚会就没了意义。每次聚会，菜肴宁可简单些，一碟黄豆炒牛岗弦也可，一盘蒜苗焖猪耳朵也行，但一定要有故事，故事一定要精彩。源源不断提供精彩故事的，当然是阿贫。阿贫封闭或隔离创作期间，我是他的单线联系人。主要任务是帮他外出采购食品，搞卫生，每天给他煲一锅汤。写得天昏地暗、一脸憔悴的他，每天要喝一次母鸡汤或老鸭汤。我发现写作和坐月子，没什么差别。我建议过阿贫，不如让抚远女粉丝来承揽这些活儿，还能红袖添香。红袖添香一词，我时常听阿甫他们逗阿贫时使用。他们使用这个词，就像我烹饪使用的鸡精。他们是调侃，我是调味。阿贫呵呵一笑，说抚远妹若是来了，煲鸡汤的人就是他阿贫了，还能封什么闭！那是彻底地敞开了，要不得的。

这天，阿贫让我通知阿流，晚上召集在崇山的群员到他家来聚聚。阿流在电话里哈哈大笑：我说嘛，憋不住了嘛。不是憋不住了，是阿贫已经完成剧本工作量的一半，即时间过半，进度过半，他需要放松一下，调剂一下。

到阿贫家来聚餐，自然要吃腊味。在崇山，阿贫家的腊味和他的小说齐名。荣哥以往来崇山，例行接受公务接待后，也会悄悄地到阿贫家来宵夜，吃的就是腊味。荣哥比较喜欢崇山的腊味、粽子、玉米煎饼，还有旱藕粉。阿贫家的腊味比较地道，品种比较齐全。一头猪从头到脚，腊头皮、腊五花肉、腊肠、腊肝、腊肚、腊蹄，样样齐全。阿贫不但有腊猪肉，还有腊羊肉、腊牛肉。他家的腊肉是进入腊月后就开始腊制，然后吃到来年的腊月。这种"喝香吃腊"的习俗，从他祖上一直沿袭下来。估计还会沿袭下去，据说他那三岁的孙子已对腊肉产生了兴趣。阿贫自己也摇了摇头，无可奈何。他承认基因太强大了，就像非洲兄弟的本色。这个比喻，我有切身体会。这是后话。

一到腊月，阿贫便开始忙碌，他要进到山里挑选原材料，一定要本地土猪、本地山羊和本地黄牛。别人宰猪宰羊宰牛后，都是将好的先吃了，剩下的边角废料，才拿来做腊味。阿贫不是这样，他反过来，他把边角废料先吃了，留最好的肉件做腊肉。看样子是本末倒置，其实是远见卓识，高屋建瓴。将最好的东西腊起来，储藏在那里，既能确保食肉安全，又让人产生无限的遐想或向往，时刻充满期待——这才是生活的常识或态度。

在崇山，以阿贫为代表的制腊人，将腊味做到极致。传统的腊味配料主要是野山姜、食盐和米酒。野山姜必须是长在山里的那种野山姜，不是大棚种植的那种，连香味都跟着变淡了。食盐最好是过去的那种生盐，像春天里自天而降的小颗粒冰雹的那种。米酒自然是农家自酿的玉米酒，且是第一锅水出来的母酒，度数不高也不低。肉件切块要均匀要合理，太薄不成形，太厚盐不透。生盐磨碎后入锅加热，用量拿捏要准，盐多了肉会咸，盐少了肉变质。火温也讲究，温度不够盐不浸，热过了肉块出油盐更不浸，这都需要经验或阅历。这个时候，米酒摆上场了。不少人在配酒时往往犯这样致命的错误，即将酒直接洒到拌好盐的肉块上，这会让酒水冲掉浸盐的部分，导致肉块变质。正确的做法是，将适量的米酒倒入平底锅底，然后铺上浸盐的肉块，撒上剁碎的野山姜，再铺上第二层肉块，再撒上剁碎的野山姜，以此类推。不用担心酒味浸透不到肉层，因为酒会蒸发。什么叫蒸发，就是物质从液态转化为气态的相变过程。还有一个现象词典没有解释到，即酒是从下面往上面蒸发的，所以不用担心酒味缺失。五天后，将腌好的肉块用清水冲洗干净晾挂。这个时候的肉块，就像熟透的萝卜一样透明。同样五天后，将晾干的肉块放进特制的熏箱，进入熏腊阶段。崇山的熏箱，一般用铁油桶制成。熏箱需安置一块带有网眼的隔板，防止火苗烧着肉块。火种主要是木炭和甘蔗渣。第一阶段用木炭，让肉质变干。第二阶段用甘蔗秆或甘蔗渣，给肉质上色，只有甘蔗渣才会让肉变成焦黄的颜色。熏制过程需要五天五夜，这五天五夜一刻也不能离开。崇山地区为先人做法事，一般两天两夜，第三天早晨就将先人抬上山入土为安了。可熏制这一箱腊肉，崇山人要坚守五天五夜，比为先人守灵还多三天三夜。这似乎有点儿说不过去，却也不能因此认定崇山人把吃看得比死还重。只能从某一方面看作是崇山人的孜孜以求，精益求精。关于这方面，阿贫还专门引用了亚里士多德的一段语录作为论据。亚里士多德说，我们日复一日做的事情，决定了我们是怎样的人，因此所谓卓越，并未指行为，而是习惯。

　　腊味制作好后，再用崇山特有的砂纸一块一块地包起来。这种沙纸用当地特有的构树（也叫沙皮树）来加工，纯手工生产，是图书馆修复古籍的专用纸。阿贫用来包裹腊味，好像有点过分。包好的腊味，悬挂于一间特殊的储藏室，室内一年四季保持恒温。

　　阿兴来到时，我正在切腊五花肉。腊五花肉已经水煮两遍，过多的盐分已被脱掉，切好后再蒸一次。熏制之前，阿贫已将肉块切得相当均匀了，但直接切了装盘还不行，还得将边角裁掉，让整盘肉片保持匀称。确保你夹到的每一块肉都是一个模样，不用挑三拣四。用阿贫的话说，这叫来源于生活高于生活。这样一裁减，难免浪费那些裁减出来的肉。阿兴站在一旁，心疼不已，说这哪里是切肉呢，这是对着纸样剪裁衣服。你把招待所那一套搬过来了，没有必要，纯属多卵余。我们都是阿猫阿狗，哪里讲究那么多……我打断他：那边有个砧板，你把腊蹄烧皮洗净砍好，还有腊羊肉，也要烧皮洗净。猪蹄本来就难砍，腊了以后更难砍，砍得匀称则难上加难。而在所有的腊味中，腊猪蹄是最可口的。今晚我的方案是，将脱了盐的腊蹄与干菜、黄豆一起水煮，用高压锅镇十五分钟即可，这种泡过腊汤的干菜、黄豆将别有一番风味。羊肉腊制以后，已经缩水不饱满，不宜白切。腊羊肉炖黑豆却是崇山一大招牌菜，自然少不了，这也是我今晚的方案之一。腊肠、腊肝、腊肚脱盐后水煮白切，简单了事。考虑到今晚人数不多，量已足够，腊牛肉就不上了。

我切好腊猪头皮装盘，阿江和阿吉来到。阿江和阿吉是分别在各自的家宴上入的群，群主阿流经过现场考核后，先后拉他们两个加入了"阿流家宴群"，属于"火线入群"。起初阿江并不想入我们这个群，他曾经退出过好多个群，并公开声明不入任何群。不入群的一个重要的原因，就是不愿意和一帮脑残为伍。阿流当场叼扛他：什么脑残！我们这个群里，有退休官员、作家、医学家、企业家、建筑家，随便说出一个名字来，崇山人没有不晓得的。一些人虽然退下了，但还在为政府提供智力支持，是民间智囊团。其实阿江不想入我们这个群，是因为阿叔也在群里，得知阿流已将阿叔移出后就强烈要求入我们这个群，当即发了个千元红包作为见面礼。众人抢了微信红包后，都是感谢老板大红包之类的话。唯有阿流发了一句：瘦死的骆驼比马大。哪想此语竟成谶语。

稍微过了一会儿，阿甫、阿强、阿蒙、阿林、阿云、阿流等悉数到达，大伙即刻入座。坐好后，阿兴有意将阿强前面的那碟腊肝移到另一边去，换上腊猪头皮——这个举动隐藏了一个故事。

某年夏天，阿强带几名干警下到某个村子。主人见他腰上别着一支小手枪，认准他是个重要人物。人民群众都知道，手枪越小官越大。于是将家里唯一剩下的一块腊肝拿来招待他。阿强尝了一片，说，真香，我吃这个得了，其他菜不吃了。遂将那碟腊肝移到自己的前面。

全桌人哑然失笑，因为那碟腊肝是唯一的下酒菜。

这个举动惹火了阿强，他见到腊肝被移到别处，对阿兴说，卵仔，这个桌子是自动转桌，你没晓得嘛。你移过去了，它还不照样转过来。这叫风水轮流转，晓得没？

阿流说，独吃何止阿强，阿甫也有过不良记录。那年阿甫带一支工作队下到某个村子，村支书把家里唯一的半包面条煮了招待他们。阿甫当即端起那碗面条就吃，说饭我就不吃了，吃这碗面就可以了，那碗面可是桌上唯一的下饭菜。

阿甫说，我问你，工作队长有几个？

阿流说，就你一个嘛。

阿甫又问，面条有几碗？

阿流说，就一碗嘛。

阿甫说，那你还讲什么，这碗面条我不吃，哪个有资格吃！

阿贫干咳两声，将话题转入主题：今天约大家来，主要是听你们讲故事，我现在需要故事了。以往也是这样，以往阿贫写作写到了"爬坡过坎阶段"就招呼我们来讲故事。随便讲，讲什么都行。原本我们都不怎么会讲故事，讲多了渐渐地也就会讲了。后来读了阿贫写的书，发现里面的那些故事，全是我们讲过的。阿贫只不过将我们的故事加工了一番，就像我裁减那些腊五花肉。阿甫说都一个月了，你一个人独自蛰居家中，像个蜗牛，不问世事。你隔绝了与我们的联系，也隔绝了外面迅猛发展的形势。形势都不掌握，你写什么扫黑除恶！闭门造车要不得的。你得像个夏蝉，登高振翅，主动发声。阿甫又说，我还要提醒你一句，清贫助笔，名利伤才，当一个作家被名利包围时，也将被文学缪斯抛弃……阿强说扯那么远做什么，他不请我们来讲故事，我也要告诉他，台老被带走了。我一怔，没想到阿强一开口就爆猛料。

可是这个猛料，竟然不如盘里的腊味料猛。桌上咀嚼声一片，好像都不把台老被带走当一回事。其实不是不当一回事，而是大伙不相信会有这么一回事。

阿贫说，讲点别的。

阿蒙嚼着腊肝：谣言这种东西确实有点讨嫌（咸）。

阿林夹了一块腊猪耳朵，送进嘴里之前反复地端详着，似乎在确认它是左耳还是右耳。他说，在我的耳朵里，至少储存台老五次被抓的记录。

阿云在啃一块腊猪蹄：他还跳楼自杀过一次，没死成，只摔断了一条腿，第三条腿。去看他私生子时假装拄着拐杖，其实没有必要。

第八章　腊味

101

阿强不动声色地说，我跟荣哥核实了的。

阿强一抬出荣哥，全桌人一下子就安静下来。大伙都闭上了嘴，静候阿强接下来继续爆料。

阿强说，台老是在崇山被带走的，就是那晚……阿流张大嘴巴，哪晚？

就是在阿明家吃铁板烧那晚。阿强说，那晚阿明送台老回酒店后，约好第二天上午十点喝了早茶再送他回桂城。第二天，阿明准时来到台老的房间，见到一个光头的坐在里面，他直接进去坐下来。台老实际上也是光头的，只不过他戴了假发。圈内知晓台老光头的人很少，阿明是其中寥寥几个之一，可能我们的阿甫也是寥寥几个中的一个。阿甫插话：我确实不知晓他是光头的，也从未注意过他的头发，再说他光头不光头跟我没有关系。阿强暂停台老的话题，先批驳阿甫的观点：这就是你的短板，作为一名公安干警，你应该有鹰一般的眼睛，有阿贫那样细腻的眼光。阿贫敦促他：你快点说宾馆里那个光头到底是不是台老。阿强说不要着急嘛，且听我慢慢道来：台老每天早晨起床洗漱后，要把假发洗一下，吹干了才戴上。阿明和那光头的聊了两句，觉得不对劲，定眼一看，原来那光头的不是台老，是另外一个人，台老不辞而别了。

阿明跟人说话不看人吗？

他跟人说话什么时候看人过，要么看天要么看地，基本上不看人。

阿强还没说完呢，阿林提醒他们。

阿强说台老头晚就被带走了，是在阿明送他回到房间不久，估计那时阿明刚从酒店出来回到车上……至于台老被带到哪里，荣哥没讲，也不可能讲。这事很快就发布消息了，你们等着吧。

阿流说，台老头发那么黑，原来是假的。

阿甫仔细观察阿流的头发，你的也是黑黑的。阿流捋了一下头发，露出一片白茬，我这是染了的。阿甫说明明约好一起到白头，你却偷偷焗了油。

阿流说，台老很仗义，进去之前，还专程来崇山讲述阿甫的爱情故事。

哪有那么简单！阿林说，没那么简单的。

阿贫说，下雨的时候，我们能感受雨，阿流只是被淋湿。

阿流说，我怎么没感受，台老是不放心阿甫嘛。

阿甫喊了一声：我有什么不放心的，我现在就是一个普通老百姓。

阿流嘿嘿两声：我看你这个老百姓，一点不普通，普通得像个潜伏者。

阿兴说，台老真正放不下心的是阿叔。

阿兴终于讲到了本质上，阿蒙说，现在可以解密了，当年阿叔的案子，就是台老打了招呼，到我这里被压住了。阿蒙分析说，当年丹县矿山的砍刀队，要不是台老罩着，绝对一窝端了。这些旧案随着台老的进去将会一一浮出水面。阿林肯定道，那当然，台老这把伞够大的，肯定罩了不少人。这把伞一收，一些人将会无处可藏。

阿云自言自语地：和任何人走得太近，都是一场灾难。

这么说来，台老进去了，阿叔要收拾行李了……阿吉两手比画着。阿流当即阻止他：打住，打住，你这是个人观点，不代表本群意见。阿流手机响起，他按下免提后传来阿明的声音：喂，你在哪里？阿流说在新疆。阿流不想告诉他人真实地点的时候，就会声东击西，有时我们也被他迷惑。阿明说传闻台老被带走了呢。阿流说我远在伊犁哪里晓得。这个你问阿叔，他消息最灵通。

阿明说，他叫我问你呢。

阿流双手撑着桌面，像面对镜头一样有板有眼地说，很抱歉，本群今天没有这方面的消息可以发布，你可以问有关方面。

第九章　长席宴

至少有十个人看见阿叔在自家门前被带上车，带上一辆老款式的越野丰田。那是秋后的一个黄昏，夕阳像远途的航班，短暂经停阿叔富丽堂皇的别墅。那辆老款式的越野丰田，熟门熟路，悄然而至。起初阿叔还有些愕然，哪个家伙不打招呼就进入他的领地。直到来人亮出证件，表明身份，他才意识到来者不善善者不来，惹不得。他很配合，回答、签字行云流水，一气呵成。没有网上谣传的他挥舞手枪，隔着窗户与警察长时间对峙，最后被警方强大火力压制，缴械投降。他甚至没戴手铐，自己拎着一只行李包，很轻松地跟警察上了车，像以往的某次短期外出。当时，有一帮人在阿叔别墅附近的一个篮球场上打球，后来他们成为目击者。他们心目中的阿叔足够高大了，车上下来的那三个便衣，比阿叔还高大。这种阵势让他们强烈地感受到，篮球场上盖帽的人比比皆是。

入秋以来，特别是台老被移送司法机关以后，关于阿叔被带走的传言，此起彼伏。那段时间，崇山城区所有的微信群议论的全是阿叔被带走的话题。我们这个"阿流家宴群"也不例外，每天一大早，就有人发表言论。言论每出来一次，阿明就出来"辟谣"一次，还晒出他和阿叔在一起的照片。群里的人就揭露，这是旧照片，气得阿明要吐血。崇山县城那个通宵排档——野马河夜宵摊，凌晨两点后不再猜拳行令，专题谈论阿叔被带走的话题。

这些传言传到阿叔的耳朵后，他久不久就现身一次。哪里舆情严重，他就出现在哪里。野马河夜宵摊自然是他现身最多最频繁的地方，因为那里的话题最集中，谈论的人最多也最集中。阿叔频繁现身，传言不攻自破。直到篮球场那些目击者将阿叔被带走的视频传到网上，人们这才如梦初醒。这才意识到，这回阿叔真的进去了。我们的群主阿流也感叹道，原来距离真相最远的是耳朵，最近的是眼睛。

今晚属于"轮空"，"轮空"相当于空档，即没有聚餐安排，各自宅在崇山县城或桂城的家里。晚上大约九点这样，阿流逐个给我们发微信：有人过生日，请马上集中野马河夜宵摊。一般收到阿流关于过生日之类的微信，我们都不搭理他。因为"轮空"的时候，阿流耐不住寂寞就以某某过生日为借口，临时召集大伙喝酒。这次看到微信，我们同样没有搭理他。就在大伙无动于衷的时候，阿江给我们发来微信，承认是他过生日。我们明明知道这是阿流授意他发的，但看到阿江的微信，我们还是都相信了。不到十分钟，阿甫、阿强、阿蒙、阿林、阿云、阿兴、阿流、阿江、阿吉和我，十个人，先后来到了野马河夜宵摊。阿贫封闭创作剧本，缺席。

崇山秋夜，街灯璀璨。阿流再次申明：我没有骗大家吧，今天阿江的生日，他的生日他没记得，他家里人也没记得，但是我记得了。哈哈。事实上阿流拉任何人入群时，都询问了各人的生日，以便重新排列群员顺序。我们这个群成员的排列不看入群时间，不按姓氏笔画，而是以年龄大小为序，即从爷字辈到"阿"字辈，一路排下来。有点像记族谱，不过他记的是群谱。当然，这个群谱阿流只记在备忘录里，便于他随时招呼聚餐。

阿江感激不已，说以前银行、保险每年都给他发微信短信祝贺生日，后来欠了贷款，有了不良记录，就不声不响了。银行保险不声不响就算了，老婆怎能失忆呢！阿江拿出手机要打达妙的电话。达妙是他的老婆。他要质问达妙，以后是不是只记得他的忌日。

阿甫制止他道，不喝卯时酒，不骂酉时妻。不要总是感谢请你吃饭的人，而忽略为你做饭的人。

阿流说，我也没让阿江感谢我，我只要他跟我喝一碗酒就行了。

阿江说，我确实无比感激阿流，感激阿流惦记我生命中的这一天。噢，群主先生，我可以叫你弗拉基米尔吗？阿流说你叫我什么，阿江说弗拉基米尔。阿流说不用你叫，我叫就得了。他当即叫来服务员：美女，拿两只大海碗来，倒满白酒，我和寿星一人喝一碗。

阿江说，我只能喝一杯哦。

阿流说，那你还叫我弗拉基米尔呢。你一个阿江我都主宰不了，怎么主宰整个"阿流家宴群"。

阿江只好捧起装满白酒的海碗，那表情就像捧着一碗农药。

算了吧！阿流说，你象征性地喝一个塑料杯得了。

阿流捧着海碗和阿江的塑料杯碰了喝完,亮空碗时,一滴酒从碗里滴下来。阿流说,这是一场暴雨,在思念一滴水……他两眼突然变得呆滞,愣愣地看着前方。那眼神像喝多了,但又不像。喝多了他的眼神会有些迷离,此刻那眼神表面上看有些呆滞,实则充满了警惕,像丛林的动物发现了领地内的外敌。我们顺着他的眼神搜索过去,不远处,有一帮人围坐一张大大的圆桌,一个很熟悉的人就坐在其中。这个人,正是被警察带走了的阿叔。在这个夜风习习的秋夜,在热闹非凡的野马河夜宵摊,阿叔梦幻般又出现在我们的面前。此刻,他正和一帮人坐在那里,喝得热火朝天。

阿江拍着阿兴的肩膀:又一次误诊。

不一定,阿兴说,现在诊断技术很先进,误诊率很低了。当然,也有善良的医生发现问题后反而安慰病人:你什么问题都没有,你回家吧你。其实是让病人回去准备后事。

阿蒙将阿兴"善良"的话题进一步拓展,并加以剖析,但听起来同样也是引用的,是善意的抄袭,可以谅解。阿蒙说如果善良的质地只是一味地柔软,那就不得不怀疑,你所谓的善良是不是息事宁人的软弱,大事化小的窝囊,是不是在牺牲公众权利,去闪避自己的责任。善的质地应该是对恶绝不姑息的锋利,如果这个世界可以允许一个无赖一再得逞,那么善就是一个笑话。

像雷达一样,眼睛和眼睛之间是有感应的。当一个人被另外一双眼睛"锁定"之后,自身眼睛会收到警报。警报来自阿流,阿流站在那里太久了。一个人独自站在那里很久,他所发现的目标没发现他,周围的人也发现了他。身高一米六五的阿流，突兀地站在夜宵摊那里，算得上是鹤立鸡群了。

阿叔很快看到了阿流，他抓起一只皮包走过来，目标毫无疑问是我们这桌。

你们是在庆贺吧？阿叔来到我们中间。

阿流说，是在庆贺。

阿叔说，不会是庆贺我吧。

阿流说，庆贺你什么？

阿叔说，庆贺我出来了嘛。阿叔手指他们那一桌，他们也在庆贺。

后来我们知道阿叔只是被带去了解情况，连传唤都不是，主要是了解阿江、阿吉等人跟他借高利贷的前前后后。他本来准备了一个星期的换洗衣物，哪想到第三天中午公安就让他回来了，而且要送他回来。阿叔说照道理他们是应该送他回来的。不过见人家那么忙，还有那么多人排队等候说明情况，就算了，就自己派车接自己出来，反正自己有的是车。

阿叔逐个跟我们握手，我们不得不站起来。野马河夜宵摊的凳子是塑料凳，很矮，坐下去再站起来，需要用手撑一下膝盖。人到我们这个年龄段，或多或少都有缺钙失钙，都有些腰肌劳损。所以有些时候我们看起来不够热情，那是腰杆子无法让我们充满激情，激情已让岁月燃烧得所剩无几。

握到阿江、阿吉的时候，阿叔黑着脸色说，你们也来庆贺哦。阿流指着阿江说，我们在庆贺他，他过生日。

你生日？阿叔盯着阿江的额头，像观察一棵老树的皮。他朝老板娘招手：这桌的单子我一起买了。

阿流说，你硬要强买强卖，我只能忍辱负重，表示默认。

阿叔从皮包里拿出一大沓请柬，烫金的，逐一发给我们：明天下午六点，养老院有个爱老尊老庆老活动，请在座的兄弟去捧个场，各位务必给个面子。阿叔特别说明，绝不是庆贺他本人，是养老院一年一度的庆祝活动。阿叔特意提醒阿甫：甫哥，明天你一定要到场。阿叔也给阿江和阿吉发了请柬，他的目光越过他们的头顶，望着阿流：怎么还剩下一张请柬？我提醒他：阿贫今晚没来。阿叔把阿贫的请柬交给我：我晓得你是阿贫封闭期间的保姆，他的请柬你负责送达。阿叔再次提醒我们：明天下午六点，养老院不见不散。

集体收到类似的请柬以往也有过，我们很少集体出席。很多次都是阿流全权代表，谁叫他是群主。要不要去参加阿叔养老院这次活动，我们在阿贫家专门开了一个碰头会。退休了，该开的会我们还是要开，该参加的会议我们还是要参加。只是再也见不到铺天盖地的文件，不再为这些没完没了的文件发愁。

提议开碰头会的是阿贫，他为了参加这个庆祝活动，毅然牺牲创作三千字的宝贵时间。他每天都给自己下达任务，一天不能少于三千字。他建议收到请柬的群员全部参加这次活动，理由很简单，也很实在：各位业已步入老年行列，需要逐步适应并且逐渐参加这样的活动，为日渐老去做好心理铺垫，免得到时手忙脚乱，无所适从。都说夕阳无限好，你都不踏上去，怎么确定它好还是不好。它是常温的还是冰凉的，只有踏上去了才能切身感受到。再说，我们今天去给人家庆祝，明天就有人来庆祝我们了。他们的今天，就是我们的明天。阿贫还说，借这次活动机会，顺便考察一下"中转站"项目。

阿贫说的这个"中转站"，就是养老院。我记得在某次宴席上，阿贫曾专门提出过"中转站"的建设问题。当然，这个建设不是建，是买。他说这个养子防老，这个刻在石碑上的千年古训，到我们这一代已被砸得稀巴烂。不是说现代的子女们不孝顺不懂事，是他们忙不过来，顾不过来。对老去的我们爱莫能助，束手无策。到了那一天，我们的嘴巴歪了、肩膀斜了、两腿一瘸一瘸的了，我们怎么办？我们只能转移到"中转站"去，再从"中转站"转移到"最后一站"。什么叫"中转站"？就是指拥有将旅客、货物或信息进行临时停放处理并完成其转运输送功能的特定场所或网站，就是个中间环节。不要以为那一天很远，一点都不远了，兄弟们！一眨眼就是一天，一回头就是一年，一转身就是一辈子。生命中所有的灿烂，终要寂寞偿还。等到了"中转站"，大家再感叹吧，世界是你的，也是我的，归根结底是在"中转站"待得久的……阿贫再次强调，我们不要跟时间耗了，我们耗不起，也没本钱耗了。时间是刚性的，更是绝情的，它跟你熬到最后，却不给任何补偿。

其实养老院还不是阿叔的养老院，还是阿吉的养老院的时候，我们曾经有过规划，每人在那里购置一套小户型。买下来后暂时不住，先租出去，以房养房。之所以强调集体购买，目的是日后入住，彼此有个照应。不，是呼应。当然还有那么一层"不求同年同月同日生，但求同年同月同日进驻中转站"之意。甚至还可以像在外面一样，久不久聚在一起喝两杯。牛系列啃不动了，就吃豆腐系列。可是截至目前，这个计划一直没能实现，就连考察也没成行。究其原因，主要还是大伙的危机感和紧迫感缺失。大伙都以为刚退下来不久，身体还硬朗，一餐还能喝一公斤土老茅。有的甚至还可以"得跃"地跳过墙去，距离进驻"中转站"的那一天，还很遥远，没必要那么着急。此时，阿贫这番话，让大伙醍醐灌顶，幡然醒悟。夕阳无限好，只是近黄昏。黄昏之后，黑暗就降临了。哲人说过，人的一生，其实就是从黑暗到黑暗的过程。在母亲的子宫里是黑暗的，到了棺材里也是黑暗的。这不是什么负能量，这是自然规律。人人都长生不老，崇山怎么装得下！碰头会原则同意阿贫的意见建议，接受阿叔的邀请，去养老院参加爱老尊老庆老活动，顺便考察"中转站"项目。

次日下午六点差一刻，我们陆续来到养老院。院子里哪里还有夕阳的踪影，院落四周已亮起昏黄的灯火。夕阳不见，阿江和阿吉的影子也不见。这是意料之中。他们不可能来阿叔这里，包括阿叔的任何地方。尤其是阿吉，不来就更可以理解了。这里曾经是他的领地，他的帝国，整个养老院曾经是他的。那栋独立的欧式风格的小楼，是他独立的办公楼。他以前晚饭后经常倒背着手，在小楼前踱步，回顾过去，展望未来，实际上是在思考如何偿还阿叔的巨额高利贷。何止这栋独立的小楼，整个养老院的养老楼、医技楼、保健楼、住院楼等，曾经都是他的。还有两个小区的楼盘，还有两个四星级酒店，还有乌水河上那座小型水电站，曾经都是他的。

阿蒙说，路多歧，树多枝，有所弃，才能有所取。

阿贫说，后来他收缩投资项目，重点经营养老院、私立医院，可是资金链断了，不得不借了高利贷。再后来，阿吉最后的帝国资产——养老院也是阿叔的了。

阿甫指着保健楼，又指住院楼说，进进出出的人不少，同样是搞医院，为什么阿吉没有病人？阿叔的病人这么多。

阿兴叹了一声：这个就牵扯到新农合了，新农合这潭水太深了。

深到什么程度？阿甫问。

阿兴沉默不语。

阿甫说，晓得你这个曾经的医院院长有口难言，简单两句点到为止就得了。

阿兴只好说，比如你就是个普通感冒，但检查后就发现有炎症，进一步检查还发现有其他问题……

阿甫说，我还是不很明白。

阿强说，怎么还不明白！在阿吉医院是普通感冒，开一两盒药就可以了，到阿叔医院是大病要住院。你讲吃药报销钱多，还是住院报销钱多？

阿甫说，阿吉确实是肠子太直了。

阿兴说，是啊！要是他能像阿杰那样，把肠子弄成白切、生焖、爆炒几个花样，不就有搞了嘛。

一棵夜来香树下，几个老人挤在一起。一个老头子在给一位老妇人算命，一根手指头，在点评另一只手掌。

阿流说，到了我们这个年龄，命已没有必要再算了吧，都早已定型了。

阿甫说，命运靠手相，说明一切就掌握在自己的手里，何必听人家的。

一楼住户有一扇门敞开着，一位老妇坐在藤椅上织毛衣。阿甫定神一看，疾步上前，叫了一声：农老师！

农老师摘下老花眼镜，抬起头来：您是？她细细打量阿甫：你好面熟，就是想不起来你是哪个，脑瓜子坏啰。

阿甫说，我是您的学生李德甫。

农老师喜出望外：原来是德甫呀！崇山人说话总是分不清"捕"和"甫"，你这个捕快从哪儿冒出来了……阿甫双手握着农老师的手：我不是捕快了，我和您一样了，退休了，以后也要住到这里来，我们可以天天见面了。

农老师有三个儿子，曾是崇山高考状元，分别上了清华北大。后来，一个去了加拿大，一个去了澳大利亚，一个去了新加坡。去年，老伴去世后，农老师就入住到养老院来。照理说，农老师比我们任何一个都完全可以没有后顾之忧。三个儿子随便一个都可以照顾她，可她还是孤独一人住到了"中转站"。不得不说某种情况下，三个高考状元，还不如三个农民兄弟。

告别农老师，我们坐电梯上到第十层，我们要购置的房子在第十层。电梯很大，装下我们九个人还绰绰有余。阿流说，这是医院住院部的电梯，能装得下一张病床。

阿叔率领九个阿姨，在电梯口迎候我们。阿姨们衣着干净，端庄大方。她们站成一排，朝我们深深地鞠了一躬，齐声说道，各位老板好！走在通道上，阿叔说，阿吉之前跟我交代清楚了，叫我优惠一点，可是我一分也不优惠。

阿流说，我们也没叫你优惠。

阿叔说，我也不会卖给你们。

走在前面的阿流停下脚步，他一停下来，我们也跟着停下来。阿流说，你房子不卖了，那我们还看什么？回去！

阿流刚一转身，阿叔说，我送你们每人一套，不过以后水电费物业费你们得自己交。大伙还没完全反应过来，阿叔说，现在我带你们去看房。阿流抢上前去一步：你今天中午没喝吧？阿叔说，我哪有工夫跟你废话。

第一套房，房号是1008。阿姨把房门打开，阿叔说，这套房是甫哥的。他指着拿钥匙的阿姨说，她就是甫哥将来的保姆。

第二个阿姨打开1009号房，阿叔说，这套房的房主是阿强。接着第三个到第九个阿姨分别打开了1010号到1002号房的房门，房主分别是阿贫、阿蒙、阿林、阿云、阿兴、阿流和阿杰。阿杰就是我。

后面阿叔还让阿姨打开了1001号和1011号两套房子的房门，说这两套房子是阿江和阿吉的，他也给他们每人送了一套。

阿流问道，我们也有专职保姆吗？

阿叔说，都有，这层楼的保姆是"一对一"服务。

我当年在县府招待所，接受过公务礼仪培训。知道所谓的"一对一"服务，就是"保姆式接待"，就是一个人管一个人。

阿叔说，你们各自房子的钥匙阿姨们都拿在手上了。你们随时随地都可以跟她们拿，现在就可以拿。

阿流像内急一样有些不自然，阿叔说你有什么意见请提出来，养老院能做到的尽量做到。阿流撇着嘴道，这保姆，应该抓阄来定……阿叔说，抓阄？你再讲一遍，你有什么意见？阿流挠着脑袋说不出来。这时我这才发现，阿甫的保姆最年轻，最秀气。而给阿流开房门的阿姨，好像眼睛有些缺陷。看他的时候，两眼焦点特别靠近，然后就集中到他额头上的那颗黑痣。脸上长痣不要紧，关键是要长对地方。据说阿流曾找了个点痣的，企图将那颗黑痣从额头移植到下巴来，且稍微偏左一点。点痣的睁着一双惊骇的眼：你哪里是点痣啊，你这是觊觎社稷江山。你就是给我黄金万两，我也不敢帮你移植。阿流哪有那个胆子，他只是逗那个点痣的而已。我估摸阿流的话，阿叔肯定听到了，他故意让阿流重复，给他出洋相。这个眼睛有缺陷的阿姨，是阿叔特意安排来给阿流打开房门。将来阿流真的入住了，这个阿姨就是他的保姆。其实人真正进到养老院来了，为自己提供服务的阿姨，长得端不端庄无关紧要，因为你连看她的力气都没有，而你最需要的却是她的力气。她要能够把你抱上抱下，翻来覆去。

阿甫走进了电梯，我们急忙跟上。我们内心都晓得，阿叔是看在阿甫的面子上才搭棒（方言，附带）送给我们房子的。阿叔想送的只是阿甫一个。估计阿叔评估过了，只送阿甫一个人，是送不出去的，只能给我们这几个也一起送了。见阿甫没从阿姨手上拿过钥匙，我们自然也没拿。

长席宴设在养老院球场上，从球场这头排到那头。服务员一张一张地往桌上铺芭蕉叶。待会儿各类熟菜就直接放到芭蕉叶子上面，碗啊碟呀筷子呀统统不用了。阿兴流露出他职业的担心，他善意地提醒阿叔，老人的肠胃普遍比较虚弱、敏感，这卫生……阿叔说，你放心，食品检疫的人来把关了。

我们这九个逐步老去的嘉宾,被安排坐到长席头头边上。阿叔解释说,长席头头相当于主席台下的前三排。听了阿叔的解释,我们更不敢坐了,这前三排应该让给那些百岁老人来坐。可站起来一看,长席两边都没了空余的位子,都坐得满满当当的了,只好老老实实地坐下来。

主持人是养老院一个挺帅气的司仪,他一手端着酒杯,一手握着话筒在致辞:年轻时,我们总是呼朋唤友,幻想一起策马江湖。但当我们真正长大、慢慢变老之后,却悲哀地发现,当初那些所谓的朋友,许多人都成了记忆中的那些闪着微光的碎片。若想识别出来,还要放大来细看。生命是一次旅行,匆匆如过客的身影。不经意间,目光就被时间折叠成重重的记忆。不经意间,曾经的满腔热情,就凝固于尘世的风霜雨雪……他高高地擎起酒杯,念完最后一句:再敬岁月一杯酒,往事不言愁,余生不悲秋。

阿林碰了碰阿强:这是从网络上抄下来的。

阿强说,关键是人家抄得很有针对性,难道你没听出来!难道你还要用扩音器放大镜才能识别出来!

电视台记者在墙脚那里,采访阿叔:你经常为这些老人办长席宴吗?

阿叔说,是的。

记者问,你是怎么想到为这些孤寡老人办长席宴的?

阿叔说,我是一个孤儿,没有爹没有娘,这些老人就是我的再生父母。儿子照顾爹妈吃饭,哪有那么多的理由!

阿叔匆匆结束采访回到现场,从帅哥司仪手里拿过话筒:各位老爹老妈,我来来回回还是这几句话,太阳出来晒晒背,新鲜空气洗洗肺，五谷杂粮养养胃，慢慢走来别太累，常和朋友聚聚会，多喝茶水少饮酒，少熬夜来早点睡，身体健康第一位，争取超过一百岁，送给在座每一位。

离开养老院时，阿云问我们，你们都吃饱了没有？阿甫说，我根本就没动过筷子。阿流说，哪有什么筷子，一副也没有，全靠手抓。

第十章　改菜单·吃豆腐

半夜从滨河酒楼回来，来到阿流家一楼茶店，阿流说泡一壶茶喝了就各自回家睡觉。茶店是一个外地的矿老板开的，租用阿流一楼的门面。有人说这是矿老板在洗钱，阿流说钱没见他洗过，杯子倒是见他一遍又一遍地洗。矿老板外出不在店里，阿流亲自掌茶。他用镊子夹着杯子在开水里洗净，再夹到我们面前。阿流近年接手的工程逐渐少了，偶尔包了某个工程，也是让他侄子具体承办。他大部分时间是游玩、召集或组织我们聚餐喝酒、在茶店里喝茶。已华丽转身或金盆洗手的矿老板，喜欢诗歌，尤其喜欢新诗，特别喜欢诗人拓夫的《伊犁河》。每次一起喝茶，他就神情肃穆地朗诵：

奔流一千四百多公里，
如今只有四百公里，
在中国的版图。
流出去的河水，
像游子，
走着走着，

成了别人的母亲。

据说阿流和矿老板头一次见面，不是被矿老板的慷慨、仗义所打动，而是被矿老板嘴里的《伊犁河》这首诗深深地打动。租金还没谈，就同意将一楼门面租给矿老板开茶店。

阿流只有一个宝贝女儿，读大学时爱上了一个帅气的哈萨克族小伙子，毕业后远嫁新疆伊犁。前年老伴达娇也到新疆去了，去给女儿当保姆。当了母亲再当保姆，似乎是中国女性的天职，代代相传。每次喝得正酣，阿流就跟长着两撇胡子的哈萨克族亲家视频碰杯。祝酒词是：让我们像石榴籽一样紧紧地抱在一起。每次视频碰杯，阿流总是邀请亲家来崇山做客。亲家也总是说会的，会的，同一片林子里的狼，总会相遇的。挂了电话，阿流脸上就泛起淡淡的哀伤。他说亲家关于林子里的狼的那句话，是一句哈萨克族谚语。谚语大多反映的是劳动人民的生活实践经验，不等同于承诺。不过他相信，总有一天哈萨克族亲家一定会来到崇山，和他真家伙碰杯而不是视频碰杯。

阿贫拿起茶杯，还没送到嘴边，啪嚓一声，杯子掉到地上。阿流问他，你今晚没多喝几杯吧？另给他递过一杯茶。阿贫端起杯子，又啪嚓一声，杯子再掉到地上。怪事了！阿贫自己也感到莫名其妙。这时，他搁在茶几上的手机响起来，他按下免提，传来达妙的声音：你们结束了吗？

阿贫说，我们回到阿流这里喝茶了。

达妙说，阿江还没回来啵。

阿贫说，阿明不是送他回去了吗？

达妙说，没见人。

这边还没说完，阿明的电话打进来。阿贫按下"保留接听"键，那边传来阿明慌乱的声音：阿江出事了，你们赶快到医院来。

麻烦了！阿流拉下卷门，转身拦下一辆正好路过店门前的出租车。

我们急匆匆赶到急诊科门前，阿明垂头丧气地站在那里。

阿流问道，阿江怎么了？

阿明说，克货了！

一副有轮子的担架停在那里，半截人腿从白布单里露出来，卡其色裤子和棕色皮鞋，正是今晚阿江出席晚宴的装扮。

阿明简要向我们通报，从滨河酒楼到医院的这一段过程。他说他在滨河酒楼将阿江扶上车后，直接开车往阿江家去。路上，他不停地呼唤阿江，开始阿江还嗯嗯地回应，后面就没有动静了，他感觉不对劲就调头把车开到医院来。住在医院里的阿兴接到电话后，第一时间来到急诊科。他从值班医生手里拿过电筒，照了阿江的眼睛，说瞳孔都扩散了。

现场除了阿贫、阿流、阿明和我，今晚一起吃饭的阿叔、阿弟等几个陆续来到医院。

值班医生问道，家属呢？

阿贫回答，我马上就去接来。

阿弟一把将阿明拉过一边去，命令道，马上改菜单！

阿明一头雾水：改菜单，改什么菜单？

阿弟用极快的语速吩咐道，你马上派人到滨河酒楼，把今晚我们吃饭的菜单改过来。把两件白酒改为两瓶，只能两瓶，把多出来的酒水费添加到菜肴上，随便你写龙虾龙肉都行。

阿明冷漠地说，人都没了，改菜单还有什么用！

阿弟斩钉截铁地说，怎么没有用？太有用了！两瓶白酒和两件白酒的性质是不一样的。吃肉死和喝酒死的性质，是不一样的，处理结果也是不一样的。

阿贫接上达妙来到时，我们已将阿江送到了太平间。达妙一下车，就哭号着扑上来，双手抓着阿明的脖子，歇斯底里地吼道，你赔我阿江来……几个阿姨上去将她拉开。她们是阿叔从养老院带过来的。阿姨们将达妙扶到一边，嘀嘀咕咕地安慰她。

阿兴阴阳怪气道，喝好酒没喊我，见鬼了吧。你们马上准备钱，凡是端杯子的每人至少赔八万。阿流唉了一声：我们也没晓得阿明没喊你，阿甫、阿强、阿林、阿云他也没邀请到……阿兴说，我们几个要是在场，阿江绝不会出事。就是出事了，我们也能分担你们的压力。阿兴的话虽然说得有些赤裸裸的，但说得都在理。假若阿甫去了，他就反对劝酒、斗酒。而阿强、阿蒙、阿林和阿云都是重量级，实力派。在酒桌上，既能捍卫自己，又能扶助弱者。今晚我也是到了酒桌边，才发现阿甫他们没在场。阿流通知我以后，阿贫和阿江又先后给我发微信。阿贫的微信是：阿明请阿江吃饭，邀请你陪同。阿江的微信是：阿叔请我吃饭，邀请你陪同。到底是阿明请客，还是阿叔请客，我到最后都没搞清楚。在酒桌上，主要是阿叔和阿江对话，有几段台词或对话我记得特别清楚。将来公安干警向我取证时，我可以提供。这几段台词或对话是这样的：

阿叔：当年你在云南的第一桶金，还记得怎么挖出来的吗？

阿江：记得，但我一个饼仔（利润）也没少给你。

阿叔：后来你开采石场，又是哪个帮你点的第一炮？

阿江：你就别提采石场了，赚钱的那个采石场不归你了吗！

阿叔：做人要厚道。

阿江：你有多厚道，我就有多厚道。

阿叔：你敢对天发誓？

阿江：你敢我就敢！

阿叔将六个"小钢炮"的酒，分别倒进两个海碗里去。阿叔说，现在我们对天发誓。他一把端起海碗，一口喝干了酒。阿江说喝就喝，也端起海碗喝了。阿江搁下海碗，不到一分钟，就滑到桌子下面去了。

阿弟指派阿明等几个人负责去张罗后事，招呼阿贫、阿流和我来阿兴临时在医院联系到的一间办公室开会。阿弟说，出了这么一件事，都是大家不愿意看到的，我的心情和你们一样特别难受。我不禁想起他在阿江家里说过的那句话：我们这个群里的人，哪一个出了事情，对大家来说都是噩耗。要是有哪个不幸了，听到的都是哀乐。

阿弟说现在我们只能全力以赴把阿江的后事办好、办妥、办实，不留任何后遗症……阿弟顿了一下说，赔偿金不是问题，问题是……刚从门外进来的阿叔表态：各位的赔偿金，我都一起替大家付了，阿弟你继续讲。阿弟说，问题是这件事不能产生不良的后果。他点燃一支烟，眯缝着眼睛对阿贫说，你可能要挺身而出一下。

阿贫说，你讲。

阿弟说，反正你这个作家在哪里也是写作，就是在牢里也可以写。萨达姆在监狱里还坚持文学青年的理想，创作小说《滚开，你这个该死的家伙》。阿弟侧过身对我说，你也需要挺一下。反正你也是炒菜的，到哪儿都是炒菜。我们就不一样了，像我这样一旦挨处理，连菜都不会炒，更别谈写作。再说你们都退了，都平安着陆了，偶尔在地上摔一跤也不疼。我们在职的一旦挨卵，那是相当于直接从空中摔下来，是折戟沉沙，粉身碎骨，遗臭万年。

阿贫说，你干脆一点，我和阿杰怎么个挺法。

阿弟支支吾吾：就是，就是……

阿贫说，就是阿江喝酒死这事，跟你阿弟半毛钱关系都没有。你压根儿就没懂，也没到过现场……阿弟说，反正，反正你看着讲呗。

啪的一声，阿贫一掌拍到桌上：这是不可能的！你阿弟不但在现场，而且还充当阿叔与阿江对天发誓的见证人、公证人、监督员。阿江喝了半碗酒，喝不下去了，你还亲自督促他喝光，一滴也不放过。你想逃避责任，没门！

阿弟铁青着脸，瘫在椅子上。阿叔没想到文弱的阿贫也有这么大的火气，他趁机溜出门外去了。

阿流过来劝阿贫：息息火，平静一下，冷静一下。阿贫忽地站起来：我跟公安局的同志就这样讲了。过后阿贫跟我们说，人死不能复生，他也不想为难兄弟。他主要是看不惯阿弟的作态，特别是看不惯他那个熊样。作为当事人，他不但不想承担责任，还企图逃避责任。把责任推给别人，自己躲得干干净净的。这还是我们群内的事，如果在单位、集体、国家层面上，这种行为，那还得了！顺不妄喜，逆不惶馁；安不奢逸，危不惊惧。这点基本素养都不具备，还天天想提拔。

然而，随后阿贫向公安机关提交的饮酒人员名单，并没有阿弟的名字。阿贫在草稿上，将阿弟的名字画掉了。阿流为此专门训诫了阿弟，提醒他今后别惹三类人：一类是警察。你犯了事最好自首，不要让警察连夜蹲守逮你，甚至让警察追捕你二三十年，最后你死得更惨。二类是记者。不要恶意干预报道，不要辱骂记者，最后你可能被曝光得裸体般一览无遗。第三类是作家。不要瞧不起作家，更不要侮辱作家，他们写出来的文字，能把你骨头挫碎。阿流还附加了一类：厨师。厨师同样惹不得，因为他给你炒菜的过程，你是看不见的。

阿江的后事处理得还比较顺利，尸检后鉴定为心源猝死。这一点，达妙也很理解。如果是醉酒死亡，她将拿不到一分保险赔偿。达妙接受足额的赔偿金后，写了一张声明。声明书上只有一行字：我爱人突发心源猝死与朋友无关。赔偿金并非由阿叔一人全部支付，我们各人都拿出了属于自己的份额。事发当晚不在现场没有连带责任的阿甫、阿强、阿蒙、阿林、阿云、阿兴、阿吉,也都封了人情封包。阿流感叹道,什么叫学费?这才是真正的学费,学费有时候需要交到死的那一天。提到学费,阿流还专门咨询过,这笔钱如果拿去读继续教育,本硕连读,都用不完。只有高中文凭的他,对群员们质疑他的建造师证是买来的,始终耿耿于怀。如果,阿流后面这个"如果",有些不太厚道。他说如果拿这笔钱去买老茅,可以喝它半年。

做"三早"(崇山风俗,头三天)那天,阿贫、阿甫、阿强、阿蒙、阿林、阿云、阿兴、阿流、阿吉和我,我们十个兄弟一起去到阿江家,参加祷告仪式。望着高悬墙上的阿江,往昔一起吃喝谈笑的情景,仿佛就在昨天。其实就是昨天的昨天。我们没有心情喝酒吃肉,大伙商议决定再吃一餐豆腐饭。所谓豆腐饭,是因为白事饭菜比较简单,主要是豆腐。白色是白事的主色,所以去丧家吊唁吃饭,叫做吃豆腐,也叫吃豆腐饭。

细心的达妙,还是盼咐厨师做了几样很有崇山风味的豆腐菜:豆腐脑(也叫豆腐花)、卤水豆腐(一物降一物的那种)、豆腐肴、干煎豆腐、香菇焖豆腐、豆腐圆。我们在餐桌边,也给阿江摆了一个位子。个个争着将他的位子拉到自己旁边,都想和阿江套近乎。最后阿流拍板,他的位子就在遗像下方中间位置。相当于直接请他从墙上下来,一步到位。我们每夹一口菜,也往他的碟子里夹一筷子。他碟子里的菜堆得满满的,符合他生前大方而节俭的性格。

饭吃到半,达妙出来请阿甫单独进到里屋去。

达妙说,阿江去世后,有几个自称是政府的人来到她家里，问这问那，还把家里翻了个底朝天，我看他们一点儿都不像政府的人。达妙还说前段时间有人在盯梢跟踪阿江，把看家的狼狗也毒死了。他们明明晓得我家阿江不能喝酒，偏偏激将他喝了，我晓得有人要灭口。

达妙拿出一只大信封来，哽咽道，阿江有一次交代我，如果他有什么三长两短，就把这个东西交给你。

阿甫接过大信封，里面是一盒录像带。

第十一章　醉虾

　　对我们这些阿猫阿狗来说，是没有什么周六周日的，退休后我们的每一天都是周六周日。而对我们的另一半即老伴来说，周六周日依然存在。她们虽然也退休了，但仍然上班，只不过是在家里上班。只有到了周六周日，我们的儿子、女儿、儿媳妇、女婿或者姑爷休息在家，我们的老伴才可以放松一下，伸直弯曲了一个星期的腰。有时也结伴回到崇山县城来，走走看看。阿贫、阿甫、阿强、阿蒙、阿林、阿云、阿兴他们的老伴在桂城。阿流的老伴在伊犁，我的老伴在羊城。那个阿托，就是阿贫经常提到的那个俄国作家列夫·托尔斯泰，说的那句话太经典了，幸福的家庭家家相似，不幸的家庭各各不同。

　　和阿流一样，我也就一个宝贝千金。当然现在不再使用这个词语，千金已是孩子他妈。我女儿当年高考考上某外国语大学，毕业后留校工作。这本来是一件无比美好的事情，可是美好的事情刚刚起飞就遭遇飞鸟撞击，突然间又降落了。我女儿工作后不久嫁给同个学校的一个非洲哥们儿，当时我两眼都"望黑"了。"望黑"是崇山话，"绝望"的意思。我不是说我家不幸，相反我们家很幸福。我现在是三个外孙的外公。我的姑爷血统不错，他爹是个酋长，名门望族，家世显赫。当然，那个"血统"跟我们这个"血统"不大一样，或者不是一回事。当然，家庭生活中难免出现一些小问题。我的老伴达东，当年在县府招待所烹饪扣肉时，溅起的油星伤了眼睛，视力稍微有点下降。每天黄昏，她带三个外孙在小区游玩。每当夜幕降临，她马上失去目标，急得她不停地呼喊三个外孙的名字：艾弗森、詹姆斯、安东尼。实际上三个外孙都围拢在她身边，寸步不离，快乐无比，她竟然视而不见。这不能全怪我老伴视力不好，这里面有很多因素。情况复杂，一言难尽。如果小区的人认为她是个白痴，还情有可原。问题是他们认为她有精神病，有暴力倾向，存在安全隐患。为此达东很痛苦，每天跟我微信诉苦。精神病患者最痛苦的，就是别人总希望他们假装自己正常。总之，问题层出不穷。当然，这些都是小问题，或者不算问题。因为我的三个外孙艾弗森、詹姆斯、安东尼从未走丢过，他们正在快乐健康成长。

对不起！扯远了。今天的话题不属于我和我的老伴，今天的话题属于阿贫、阿甫、阿强、阿蒙、阿林、阿云、阿兴他们和他们的夫人。"七位仙女"在这个周末的中午，集体"下凡"崇山县城。她们的造访不是明察暗访，不是突然袭击。是打了招呼才来的，温暖体贴如暮秋的风儿。

我们成为成功（公）人士之后，我们的老伴也跟着升级了。我们升级为爷爷或外公（姥爷），她们升级为奶奶或外婆（姥姥）。我们辈分升级后，公开场合的称谓反而降低了，回到了从前的阿猫阿狗，即"阿"字辈。她们不一样，辈分升级了称谓也升格了。按照崇山的说法，她们一生的称谓经历三个阶段，即三个字。第一阶段即年轻的时候叫"达"，相当于我们从前的"阿"。词组构成是，达某。比如阿流老伴达娇，我的老伴达东，即阿娇、阿东。这是她们年轻时候的称谓。我们现今还这么叫她们，是因为我们无比怀念青春岁月和初恋时光。第二阶段即结婚生儿育女后叫"乜"。"乜"崇山话是"母亲"的意思。词组构成是，乜某。随便举个例子，比如"乜雄健""乜东平"，汉语分别是"雄健的母亲""东平的母亲"。第三阶段即升级为奶奶或外婆（姥姥）后叫"牙"。"牙"本来也是一个姓，崇山话却是"奶奶"的意思。词组构成是，牙某。比如我的老伴（不好意思，又提到我的老伴）达东，现在叫"牙艾弗森""牙詹姆斯""牙安东尼"。三个外孙的名字都要提到，否则就是厚此薄彼或顾此失彼。让亲家酋长听到，那就是国际问题了。"牙什么"里的"什么"，不再是她们的名字，她们的名字被孙子或者外孙的名字替换了。连姓也不复存在，只有一个字，特定的字"牙"。

　　根据接待手册提供的名单，这"七位仙女"的名字分别是：牙一笑（阿贫夫人）、牙健柏（阿甫夫人）、牙擎苍（阿强夫人）、牙邦元（阿蒙夫人）、牙鸿涛（阿林夫人）、牙李晨若宇（阿云夫人）、牙张哲泽祝（阿兴夫人）。

　　七位夫人集体从桂城坐高铁来崇山。以往我们去往桂城，走高速路需要一个小时多一点，现在二十分钟就到了。夫人们出了崇山高铁站后，我和阿明直接将她们接到养老院，并安排在那里吃中午饭。

　　本次崇山之行并无到访养老院这一站，是牙健柏临时提出来后的补充安排。牙健柏听阿甫说，阿叔要给他们一套养老院的房子，她表示可以考虑，当然不能白要。可以考虑租下来，但她要实地考察环境后才能确定。七位夫人中牙健柏年龄最小，她是提前退休带孙子的。身体状况也很好，却是入住养老院最有紧迫感的一位。可惜后来牙健柏还没真正过上养老院的生活，就离世了。这是后话。

那天我们考察房子时，阿叔说房子价格不优惠，也不卖给我们。过后我们才知道这些房子是不能买卖的，也没有房产证。当然，送给我们是另一回事。我们自然不会接受，也不会白住。

此时正是午餐时间，老人们陆续从各自房间出来。夫人们站在那里，表情复杂地观望从房间里出来的每一位老人，像展望她们的未来或明天。老人们佝偻着腰身，或相互搀扶或单个独自走向餐厅。

牙健柏亲昵地挽着阿甫的胳膊：以后我们就是这个样子吗？

阿甫说，这还要看我们的造化呢。你看那两位老奶奶，前面那位八十了，跟在后面那位，一百零一。

长席宴那位帅哥司仪，今天被安排当导游。他指着八十岁的奶奶说，有一次我见她哭得很伤心，就问她为啥哭了。她说她闹着要吃糖，她妈妈就打她屁股。那位一百零一岁的老奶奶，就是她的妈妈。帅哥司仪的讲述，引发夫人们开怀大笑。帅哥司仪说，这可是真的。牙健柏说，我知道是真的，可听起来怎么像是神话故事。

阿甫见到了农老师，上去握住她的手，把牙健柏介绍给她。农老师说，这么年轻就当奶奶了，真幸福！牙健柏说，您的孙子孙女们都好吧。农老师说，好，上个星期来电话了。

目送老人们走进餐厅，我们也跟着进到餐厅。刚才在楼上，夫人们对环境很满意，对房间布局也很满意，都想今晚就入住了，提前感受养老院的生活。

进到餐厅，大伙端着盘子到窗口那里领取饭菜。虽然事前打了招呼，但见到我们这些个特殊的"未来老人"，膳房里的阿姨们还是有些手足无措。她们端勺的手有些迟钝，无从下勺。其实她们无须选择，因为窗口里只有三种食谱：米饭、炒蔬菜和焖豆腐。

大伙的表情，主要是夫人们的表情，在领到了各自的饭菜之后，就有了一些微妙的变化。集中反映在眉头上，紧锁，施展不开。但既然来了，这餐饭是一定要吃下去的。吃这餐饭不只是检验养老院饭菜的质量、口味，也是提前感受、适应这里的生活气息和氛围，提前进入状态。还好，大伙都吃得下。阿甫第一个吃完，把牙健柏吃剩下的也光盘了。他说，人老了，最关键的一点，就是不要再讲究。活着，就是最大的讲究。

离开养老院，我们乘车直达桃花岛码头。桃花岛位于乌水河中间，实际上是河中间的一座小土山。凡是比池塘大的水面，崇山人都习惯称之为海，因而乌水河里的这座小土山，自然就是岛了。叫岛还不算，还写进了县志，有书为证。岛上长满桃树。每到春天，岛上开满桃花，成为崇山县城的人春游的打卡地。吸引不少外地的摄影、绘画爱好者。岛上已挂了几块牌子，诸如某某摄影家协会创作基地、某某美术家协会创作基地，就差阿贫那块文学创作基地了。现在不是登岛的最佳季节，所以我们就没有上岛的安排。

河岸上一片开阔的平地，日渐变得更加平坦，几台铲车轰隆隆地在作业。根据帅哥司仪的介绍，一个独楼独院的度假山庄，将在这里拔地而起。

乌水河的水，一点也不乌黑，而且非常清澈，清澈得能看清水里游动的小鱼小虾。我们登上码头边一艘游船。游船的名字叫"桃花岛"，加上那座小土山，乌水河面有两个"桃花岛"。一个静态，一个动态；一个长树，一个长人；十年树木，百年树人。

大伙上了游船后，立即像会议分组讨论一样，分成若干个小组活动。我像个会议记者，拿着相机四处给他们拍照。阿甫、阿强、阿林等几个下象棋。阿贫缠着阿蒙讲故事，讲当年丹县矿难的故事。阿蒙严肃地批评他：你这样写不行的，你得关注当前形势，及时了解各种新闻报道。自从专项斗争开展以来，崇山已有几个黑恶势力头目进去了。这些情况你都不了解，怎么写？阿贫反驳他：新闻报道讲的是数字，文学是写有血有肉的人。新闻结束的地方，文学才刚刚开始。

夫人们坐在一起聊天。平时虽然都住在桂城，却难得机会见面。偶尔发发微信诉衷肠，这保姆当得都不容易。依我看来，这些"牙"真正住进养老院，还有漫长的日子。我们的孙子孙女们，大部分是过了年才上幼儿园。上了幼儿园还不能解脱，每天还要接送。上了小学也还要接送，最少十年之内，她们还动弹不得。而我们这些阿猫阿狗，就不一样了。我们想明天进养老院，行李今晚都不用忙着装箱子，从容得很。所以，相对于女人，男人有更多自由，随性而舒畅。你说是"男权"嘛，也是。不得不说有些女同胞有时候有些"傻"，而且在心态上很容易产生错觉。比如百分之七十的时间宅家的男人，妻子会抱怨他经常出去。而百分之七十的时间在外面应酬的男人，妻子却说他经常在家陪我。

游船行驶到下游，进入乌水河汇入红水河的交汇处。这一河段河面宽阔，风平浪静。这时候，游船大厅传来歌声，大伙纷纷从船头转移下来。大屏幕上任静和付笛声在演唱歌曲《你是幸福的我是快乐的》。阿蒙怂恿阿甫和牙健柏，给大家展示一下歌喉。真是主持人找对了嘉宾，偏偏阿甫和牙健柏唱歌唱得好。尤其是牙健柏，那是专业级的水准。当年那个城厢公社的女孩，就是现在的牙擎苍，让阿强漱口漱成事实后，阿甫遇到了现在的牙健柏，当年崇山歌舞团的台柱子。

阿甫也不客气，接过话筒拉着牙健柏的手，走向投影屏幕。然后双双转过身来，背对屏幕，面向我们，像在正规的舞台那样演唱。

牙健柏先唱道：

　　不让我寂寞，
　　你给我快乐，
　　也不会难过，
　　因为有你安慰我。

阿甫接着唱道：

　　可是我的脚步，
　　总有你牵挂着，

再难走的路算什么。

两人合唱道:

就算风雨多,
让我陪你度过,
可谁不想拥有温馨的生活。

阿甫唱道:

但是人生从来总有起起落落,
心中有苦从不说;
你是幸福的,
我就是快乐的;
为你付出的,
再多我也值得。

两人合唱道:

与你是同路的,
我就是幸运的,
我幸福走过的,
是你搀扶的。
不愿看你的脸上有泪水滑落,
拥有爱的人就不会寂寞,

第十一章 醉虾

无论身在哪一个偏僻的角落，

让你疲惫的心在此停泊……

两人摆出一个舞台造型，向我们鞠躬致谢。阿甫将牙健柏拥进怀里，在她的额头上轻轻地亲了一下，又亲了一下。现场先是一片寂静，继而爆发出一声尖厉的哨声，然后是长时间雷鸣般的掌声。后来在牙健柏的葬礼上，我一遍又一遍地回忆他们两个演唱这首歌的情形，唏嘘不已。冥冥之中，是不是已暗示了什么呢？

游船停泊到一个码头后，我们以为上岸去，帅哥司仪又将我们引到另一艘游船上。人上齐后，这艘游船又开出码头，驰向河中间，然后它就随波逐流。

天色悄然暗淡，游船里的灯亮了起来。船舱中间摆着一只长方形的大桌子，大伙像往常外出旅游一样，无须招呼纷纷坐了下来。

阿云突然感叹道，好像我们今天都没遇到夕阳，从早晨的第一缕阳光开始，直接走进黑夜。

阿强跷着二郎腿坐在那里，像师傅面对徒弟，循循善诱：还找什么夕阳，我们本身就是夕阳，夕阳现在就照在你的周围。

医生出身的牙李晨若宇，上去纠正阿强的坐姿：跷二郎腿不好，这个姿势伤脊柱。长期跷二郎腿，容易造成骨盆倾斜，导致长短腿，影响腿部血液循环，严重的直接造成脊柱侧弯。牙李晨若宇的纠正是对的，对阿强也是有益的。让他不舒服的是纠正人牙李晨若宇的另一个身份，阿云夫人，造成这一纠正不是纯粹的保健行为而是替夫君鸣不平，是典型的夫妻相护。

一阵熟悉的高嗓门声从后舱传来，阿叔在帅哥司仪的引导下，出现在我们面前：甫哥好！各位大哥大嫂好！

见到阿叔，我们有些意外，也不意外。自从中午帅哥司仪一路为我们导游过来，大伙自然明白考察、观光、品尝美食一条龙服务，是阿叔的安排。如果说有些意外，那就是没想到阿叔会出现在游船上。当然，这也应该不属于意料之外。崇山人认为意料之外的事情，结果证明在阿叔身上一点也不意外。

帅哥司仪按照礼仪把阿叔介绍给夫人们，然后又逐一将夫人们介绍给阿叔。帅哥司仪的记忆力确实强，一下子就分辨或识别出七位夫人的身份及归属，熟稔得如同每天面对养老院的保姆阿姨。

长得小嘴小眼小鼻子小巧玲珑的牙健柏，吃力地仰着头，细细地打量阿叔，像观赏一尊铜像：你就是阿叔？

阿叔说，您叫我阿七。

牙健柏说，你名气很大啊！

阿叔说，连嫂子都晓得我，想不大都难。

阿叔简要介绍桃花岛度假山庄、桃花岛三日游项目建设情况，并欢迎夫人们随时前来观光旅游。夫人们来桃花岛，所有费用全免。

为了方便今后联络，他逐一加了夫人们的微信。夫人们点开微信，收到阿叔发来内容一样的鸡汤：我喜欢这几句话，一生中会遇上很多人，真正能停留驻足的又有几人！生命是终将荒芜的渡口，连我们自己都是过客。懂得放下的人找到轻松，懂得遗忘的人找到自由。天冷不是冷，心寒才是寒。但愿我的问候，如春天的暖风，吹走你所有的烦忧；像寒冬的暖阳，温暖你的心房；无论外面的世界是多么地天寒地冻，但愿你的心儿始终都是暖暖的。天冷了，请照顾好自己。

夫人们纷纷表扬阿叔，表扬得有些宽泛，说崇山的老板有文化。

阿叔说，什么文化！都是转发的。要说文化，那也是别人的文化。

服务员端上菜来，是典型的红水河河鲜系列：干煎红河鲤、水煮芝麻剑、油蒸黑鳝、豆腐焖鱼腩、剁椒大鱼头、干炸鱼鳞、铁板鱼泡……有一道菜，稍微有些恐怖。活蹦乱跳的红水河虾，装在一个玻璃盆里。盆边是一碗高度白酒、一碟酱油、一碟陈醋、一碟橄榄油、一碟芥末。这道菜，叫醉虾。具体吃法是，将活虾泡到白酒里，一分钟后直接将虾子蘸着酱油、陈醋、橄榄油和芥末，吃掉。

夫人们惊恐地看着盆里的河虾，谁也不敢动手。

阿叔戴上胶皮手套，替她们捉住虾子，拔掉虾头虾足，泡了白酒，再蘸了酱油、陈醋、橄榄油和芥末，放进她们的碗里。她们一个看一个，还是不动筷子，最后她们鼓动牙健柏带个头，做个示范。牙健柏战战兢兢地夹了虾子，闭着眼睛送进嘴巴，嚼着，咽下，快活地呼道，好吃！紧盯着她的夫人们，立即戴上胶皮手套，一哄而上。

牙擎苍一面吃一面问道，你们经常这样吃呀？

哪里！阿强应道，偶尔。

阿甫提醒牙健柏：千万别吃上瘾哦。

阿强说，吃多了还会吃出感情来。又强调一遍：感情都是吃出来的。

阿流说，你不是吃出来的，你是漱口漱出来的。

阿强说，别捣乱！

阿甫说，感情倒不怕，最怕上瘾，吃上瘾就麻烦了。

牙擎苍扭头问他：怎么麻烦了？

阿甫说，桂城哪有这种虾啊！

阿叔的酒风有了明显的改观，主要体现在不再喝"小钢炮"。不再搞强制性，能喝就喝。充分给予不胜酒力的人广阔的空间，相当于给基层干部减压或减负。但他建议喝啤酒的阿云：吃河鲜，还是喝白酒好。

阿江去世后，有的说阿叔给达妙两百万，有的说是五百万。到底给了多少，只有他和达妙知道。阿贫引用阿流的话说，达妙就是把这笔钱都拿来买老茅，阿江也不能跟我们喝了。

游船回到桃花岛码头，阿强拍了阿叔的肩膀：我们今天误上了贼船。

阿叔一惊，抓住阿强的手：你什么意思？

阿强嘿嘿一笑：开玩笑，开玩笑而已，谢谢你的款待！

回到阿流茶店，正要泡茶喝，阿流的手机响起来。阿叔问阿流，刚才阿强在码头边说误上贼船，到底是什么意思？阿流极不耐烦地说，你自己找他解释。扭头看看，没了阿强的影子，夫人牙擎苍也不见了。

哎呀，这个有什么呢！来，我跟他讲，阿贫接过手机，直接跟阿叔解释道，这是一个典故，典故晓得没？说的不是你，说的是当年某一位历史人物。你还没成为历史人物，也还没成为典故。阿流说，你这样解释，他更加糊涂了。

第十二章　千叟宴

这段时间崇山接连发生了一些事情，有些与我们"阿流家宴群"有关，有些与其他群有关，总之相互交织在一起。我在"阿流家宴群"里发表过言论，当今社会是由若干个微信群组成的。这个群连着那个群，那个群又连着另一个群，像奥林匹克会旗那五个圈互相连接。人们每天就在这样的圆圈里转圈，从这个圈转到那个圈，从那个圈转到另一个圈。当然，远远不止五个圈。有的人可能有十几个圈，甚至几十个圈。拿我个人来说，我现在有五个圈，即五个群。"阿流家宴群"一个，群主阿流，群员三十多人。"崇山县府招待所群"一个，群主是老所长崔老，群员五十多人。"29.5公分群"一个，群主阿兴，群员涵盖崇山县城各餐馆酒店厨师长、总厨、大厨计六十人。之所以叫"29.5公分群"，是因为厨师长、总厨、大厨戴的那顶白帽子有29.5公分高。这顶高帽，不是所有的厨师都可以戴的。比如阿兴，他虽然是群主却戴不了，因为他没有证书。"亚非联盟群"一个，群主我女儿。群员有艾弗森、詹姆斯、安东尼三个外孙（虽然他们只会看游戏，还不会玩微信），达东，我，还有安南。安南是我姑爷。"万博公寓群"一个，群主由业主推荐，叫阿幸，是个大老板。群员是整个小区的业主，自然包括我在内。这个群得进，因为小区各种信息全在群里发布。后来，我拒绝再入别的群，不是"不愿意和一帮脑残的为伍"，而是偏执地维护我个人的这面"五环旗"，不让它多一个圈，也能不少一个圈。阿贫在"阿流家宴群"里告诫我们：人过中年后，若想安享清福，要退出两个圈。一个是名利圈，另一个是酒色圈。任何人对这两个圈都没有与生俱来的免疫。阿贫说退出来吧，不要回望，果断地给自己留下一个优雅的背影。我私下弱弱地问过阿贫，我们这个"阿流家宴群"属于什么圈？阿贫有些含糊其辞：朋友圈。

和已逝去的阿江一样，阿吉拒绝加入各种各样的群，而且退出了不少的群。可是最近，他主动刚加入了一个新群。在这个有些妖娆的群里，他每天频繁地收到各种各样的信息：二手车、二手房、二手男人二手女人、理疗保健产品……刚入新群，自然要关注一下，尤其是关注群主。

那天，群主在朋友圈里讲述了一个故事，讲述他到一个住宅小区去看房子的遭遇。群主的女儿即将从沿海地区回来，名曰返乡创业，实则无事可干，回来另找出路。尽管如此，群主还是高兴万分，毕竟离家多年的女儿回到身边了。他决定给女儿买一套新房，万一女儿身后冷不丁冒出一个男友来呢，就像我女儿身后突然冒出姑爷安南一样。

群主的座驾奔驰恰好在保养，他就开了一辆老款式的帕萨特去。车旧些不要紧，要紧是衣服也不起眼，他直接穿厂里的工装过去。男人普遍一高兴，就得意忘形。形象的形。漂亮的售楼小姐看他这副打扮，以为是一个进城打工的农民，以看房子为名，进来找地方解手。给了他一杯茶一本广告册后，就不再搭理他，以充分的理由忙她的去了。整个售楼大厅，就只剩下一个瘦小的自信心不是很足的男服务生应付群主。

群主招呼那个小男生过来，把购房业务给了他。不但买了一套大房，还买了个三千万的商铺。待漂亮的售楼小姐花容失色赶回时，小男生已跟群主做成了这笔业务。

故事讲了就讲了，关键是群主不但偷拍了照片，还晒出了照片，以图为证。照片除了小男生，还有那位漂亮的售楼小姐。

阿吉一遍又一遍地看那漂亮的售楼小姐照片，天！这不是苗月吗？他的心儿都快蹦出来了。她不是跟《崇山风云》男一号跑了吗？怎么会在阿叔的楼盘里？怎么成了阿叔楼盘的售楼小姐？阿吉又反复看了照片，没错！她就是苗月。

阿吉随后私聊群主。不聊不知道，聊了吓一跳，苗月现在就在阿叔的地产公司上班。不过群主提醒阿吉，售楼小姐不叫苗月，叫刘思蕊。群主用手机拍下售楼小姐的名片发给阿吉，名片上的头像确实是苗月，但名字是刘思蕊。

阿吉当即给阿叔打了电话。这是阿吉不成熟不老练的体现，他在关键的时刻犯了个致命的错误。他要是也像群主那样，大摇大摆装模作样地去看房子，那不就见到苗月或刘思蕊了吗？可他偏偏打了个电话。电话不是直奔主题，而是绕了一个大弯，先诉说他现在的苦，眼下的难，再把阿叔痛骂一番，痛骂阿叔借给他高利贷，请君入瓮，害得他倾家荡产。他也不想想，这高利贷又不是阿叔强迫他借，是他走投无路了找到阿叔，阿叔才借给他的。这又不是政府行为，就是正规银行贷给你钱，你还不了，同样让你倾家荡产。阿叔能一声不吭一路听下来，用他的话说已非常给面子了。

说到后面，阿吉气急败坏地吼道，你不但掠夺我的资产，还霸占我的女人。

向来一言不合就暴跳如雷的阿叔，那天异常冷静，一句粗话脏话都没出口，他只说一句，你在家等我。

阿叔当即派车接阿吉到那个小区，一排售楼小姐列队在等候。阿叔没说话，让阿吉自己辨认哪个是苗月或刘思蕊。列队迎接他的售楼小姐中，哪里还有苗月或刘思蕊！连群主发来的墙上监督岗的照片，也没有苗月或刘思蕊的了，换成别人的照片了。

阿吉哭丧着脸：你把她藏起来了。

阿叔不愠不火地说，你还可以再去别的小区找，我继续派车送你。

我不找了，我晓得你是不会让我再见到她的。阿吉咬牙切齿道，你不要欺人太甚，我没有本事把你送进去，但有人有这个本事，我的兄弟有这个本事，你信不信？

阿叔说，我信。

在阿吉的宿舍，我们几个轮番安慰近乎崩溃的他。

阿甫说，算了吧，你就是找到她又能怎样，难道还想让她回到身边！

阿贫说，日本有个作家，叫村上春树。他说世上所有的人终其一生，都在寻求某个宝贵的东西，但能找到的人不多，即使幸运地找到了，那东西也大多受到致命的损伤……阿吉立即抢白道，这话你讲过一回了，别忘了后面还有关键的一句：但是，我们必须继续寻求，因为不这么做，活着的意义就不复存在。阿兴摇了摇头，像面对一个病入膏肓的人：你啊，现在要扔掉四样东西，毫无意义的醉酒，从未爱过你的女人，瞧不起你的朋友，虚情假意的兄弟。阿吉老泪纵横：其实我见了苗月，也不是叫她和我重归于好。见了她，我只问她一句，我哪点对她不好？

大概是在阿吉发现苗月半个月后，阿弟分别给我和阿兴打电话。让我们负责召集"29.5公分群"的厨师长、总厨和大厨，到"老庚家园"参与筹办千叟宴。"老庚家园"就是嘉林景苑小区，就是半个月前阿吉去找苗月的那个小区。现在是县里易地扶贫搬迁安置点。

阿弟很久没和我们在一起了，已连续缺席我们好几场聚会，缺席了我们好几场故事会。他比以前更忙，已从财政局转岗到政府办。滨河酒楼饮酒事故，因为阿贫的保护，所以"他不在现场"，所以饮酒人员名单上没有他的名字。菜单后来也没有改动，所以他没有受到任何影响。赔偿金也不用支付，豆腐饭也没吃。

我们到嘉林景苑小区时，原先的牌子已不见，取而代之的是"老庚家园"四个鲜红的大字。老庚，一般是指同年生的但不一定是同月同日生而结交的朋友，相当于拜把子。"老庚家园"，顾名思义，就是一帮结拜兄弟居住的小区。

阿兴对老庚含义的解释更进一步，他说入住小区的老庚，不是狭义的老庚，是广义的老庚。这个广义的老庚，是人民群众，是父老乡亲。具体地说，就是易地扶贫搬迁的山区群众。你看，和人民群众拜把子，和父老乡亲拜把子，把易地扶贫搬迁的群众当老庚，性质就不一样了，站位也不一样了。

从阿弟那里我们进一步了解到，阿叔得知崇山易地扶贫搬迁工作被动，县领导被上级约谈后，停止房子销售，将整个嘉林景苑小区移交给政府，作为易地扶贫搬迁安置点，安置贫困群众888户4398人。小区是现成的，不用等，农户搬来就能入住。阿弟透露，这一移交，嘉林景苑即改为"老庚家园"，阿叔损失数千万，但为了崇山的发展，他舍得。他是主动作为，主动担当。

千叟宴是阿叔亲自策划、亲自组织的一场大型宴席活动，就是请刚入住"老庚家园"的搬迁户一户一位老人一起吃一餐入园饭，团圆饭。总共摆席一百桌，一桌十人，总共一千人。"千叟宴"这个宴席名称，也是阿叔定的。关于宴席名称，阿弟说是阿叔从电视剧《康熙王朝》那里得来的灵感。

我们"29.5公分群"应召而来的六十个厨师，一到"老庚家园"，就受到阿叔的接见。他精力充沛地跟我们握手，感谢我们的助力和捧场。他特别跟我和阿兴说明：你们弄的地羊肉味道超绝，可是千叟宴确实不能上。

从当天上午九点开始，我们就投入紧张工作。在小区空旷的场地架锅做饭，烹饪菜肴，摆桌铺席。六十个厨师分成五个组，每组十二个人，具体负责烧洗、砍切、配菜、蒸炸、煎炒等工序。所有的灶具、餐具、餐桌餐椅，全是从外面租借来的。火用的是液化气。专用的液化灶优点是火势猛，速度快，缺憾是营造不了炊烟袅袅的景象。运来的人工无烟木炭，用于小风炉。崇山有一种小风炉，只有小碗那么大，仅能装下两三只火炭。冬天里集体聚餐，每一道菜装在不锈钢餐盘里，搁到小风炉上，就会从头到尾保持热度。阿叔的确考虑问题很周全，而且不是一般的周全。

五个小组各司其职，各负其责，互相配合。整个烹饪现场，紧张有序，有条不紊。我煮了半辈子的饭，从未见过这样的阵势或排场。

下午五点，所有菜肴全部上桌，宴席正式开始。刚搬迁进来的群众代表，从各个单元、各个楼门鱼贯而出，汇集千叟宴现场。

搬迁户代表下楼集中的时间定在下午三点，整整提前了两个小时。这是充分考虑到山区群众第一次乘坐电梯，不适应不习惯，个别还不能独自操作等诸多因素。入住头一天，住在30层的四户人家，认为坐电梯不安全宁愿爬楼梯，感觉比爬老家的山还高。

确实也是，一下子给农户住进那么高的大厦，他们反而以为，一切是多么地缥缈而空虚。

看到出来的几乎全是老人，阿兴有些困惑：小孩呢？年轻人呢？

阿弟解释道，小孩寄宿在学校，周末才回来，年轻人到外面打工了。

年轻人肯定要出去打工的，不然住在这里吃什么喝什么，这是无土安置。

阿兴说，我们的政府太好了，我们的党太伟大了，搬迁户太幸福了。只需要交万把块钱，就能入住这么好的房子。啧啧，阿兴的嘴巴连续发出惊叹的声音。

我不禁想起我那侄子，大学毕业考上公务员，现在租房子住。谈了个女孩结不了婚，为啥？没房。去年侄子下村扶贫，帮扶户是搬迁对象，在崇山县城郊区分到一套安置房。侄子把嘴皮说破了，帮扶户就是不搬迁，舍不得离开祖祖辈辈蜗居的家园。户主是个和侄子一样年纪的青年，他反过来央求侄子，要不你来住吧。你不是没房吗，你一住进去既解决住房问题，又完成了搬迁任务，反正安置房有人居住就行了，这不两全其美吗？我完全配合你……侄子哭笑不得，真是幸福自天而降，双手却无法捧住。

一百张桌子，陆陆续续坐满了搬迁户老人代表。整个宴席场面，人山人海，人声鼎沸。现场新闻记者有的扛着摄像机在地上拍，有的遥控无人机在天上拍。

每张餐桌，除了猪扣、白切猪肚、白切猪肝、红烧蹄髈、白切鸡、炸鸡翅、卤鸡腿等崇山地区红白喜事常见的菜肴外，按照阿叔"按豪华标准上，上最佳阵容"的要求，还上了羊扣、白切羊、生焖羊肉。崇山虽然养不少羊，但羊肉和全国一样贵，甚至还贵。一般的红白喜事，上一碟生焖羊肉或者一碟白切羊，已经很奢侈了。再上羊扣，用崇山人的话说，简直是太扯淡了。这还不够，还上了海鲜、白灼虾、姜葱蟹、粉丝贵妃螺。我心里想，群众在享用时一定和我们烹饪的时候一样目瞪口呆。宴席结束后，各家各户打包回去，恐怕再吃半个月也吃不完。

阿叔带着公司一干人，出现在每一桌人面前，像颁奖官员给获奖运动员颁发奖牌一样，将一只只用绳子绑着的红色鸡蛋，挂到每个搬迁户老人的脖子上。绳子绑鸡蛋也是有技巧的，而且只用一根绳子绑定，我们这些大厨就绑不了。阿兴不服气，连续掉了几只鸡蛋，始终没绑成功。那根细细的绳子，也是染红了的，像电影《白毛女》里杨白劳给喜儿买的那根红头绳。崇山人一般两种场合吃红鸡蛋，一种是结婚的时候，另一种是小孩满月的时候。今晚，阿叔创新了崇山地区吃红鸡蛋的第三种场合。挂到脖子上的红鸡蛋，可以现场吃，也可以回家再吃。挂自然是一种形式，形式就是喜气洋洋，吉祥如意。

　　从千叟宴上回到阿流家，阿贫、阿甫、阿强、阿蒙、阿林、阿云他们几个还坐在餐桌边。留给我和阿兴的空碗空杯筷子还摆在那里。他们一边聊天，一边看现场直播。我这才想起记者们与我和阿兴一样，都没有吃晚饭，一直忙碌着。

　　今晚阿贫他们七个人也是得到邀请了的，阿弟邀请他们以老年朋友的身份，出席"老庚家园"千叟宴。阿弟特别强调，如果没有特殊情况不要缺席，以确保出席千叟宴人数达到一千个老人以上，九百九十九个老人也不行。但是，到了晚上他们爽约或缺席了。不是不给面子，是遇到了特殊情况，满足阿弟要求的缺席条件。这个特殊情况，是他们的身份。他们确实是老年朋友，但出席千叟宴的对象是搬迁户或搬迁户代表。他们不是，他们连搬迁户的亲戚都不是。再说，他们又不是崇山的在职领导。当然，他们不知道其中一些"叟"是"化了装的"。因为人数不够，很多帮扶干部临时被请来凑数，其中就包括我的侄子。宴席上每个人头戴一顶老人帽。女的戴红色针织毛线帽，男的戴黑色宽边仿皮礼帽，阿叔统一发的。远远望去，全是一群时尚的城市老人。他们确实是城市人，只是这个城市小了一点。

阿流指着电视画面说，阿叔今晚够风光了。

阿兴说，是啊，他今晚就是崇山的康熙大帝。

阿强说，阿叔是前天才放回来的。

他又进去了？阿流说，我怎么没听说！

阿强说，以前崇山每天都有母猪跌粪坑，你也都没晓得。

其实这段时间以来，关于阿叔又被带走的传言再度充盈各个微信群。有人甚至放言，崇山扫黑除恶专项斗争的成果，要以阿叔被绳之以法来检验来衡量。只要阿叔一天不进去，崇山扫黑除恶专项斗争就没有穷期。有人说得更加出格，阿叔若是被绳之以法了，那将是崇山的第二次解放。

阿强说，这一次阿叔再次被带走的见证者是阿弟。公安到阿叔公司办公室传唤他的时候，阿弟正好到他办公室商谈一项重大活动，就是今晚的千叟宴。

阿兴问道，他这次不会是临时借回来的吧？

阿流说，有可能，说不定千叟宴收桌了，今夜就得连夜还回去。

阿强冷笑一声：扯淡，法律跟你讲什么交易！

阿甫坐在那里抽烟，一言不发。跟阿甫接触后，我印象中他是不吸烟的。

第十二章　千叟宴

第十三章　吃汤圆

崇山有些饮食习惯和别的地方差异较大,比如吃汤圆。吃汤圆是一个古老的传统节日习俗,因为"汤圆"与"团圆"字音相近,有团圆之意。所以元宵节吃汤圆,象征着全家人团团圆圆,平平安安。崇山人和全国人民一样也吃汤圆,而且吃得很"精巧"(讲究)。崇山人不吃速冻汤圆,吃新鲜汤圆,即现吃现做。地道的崇山汤圆,不是全自动多功能机器加工出来的,是用小石磨人工一圈一圈地磨出来。超市里也有速冻汤圆,不过买者都是居住在崇山的外地人。崇山人吃的汤圆,不在红糖水里煮,要用甜酒来煮。

崇山人把吃汤圆作为仪式来吃,是在两个时候或两种场合。一个是在除夕之夜,在新年钟声敲响的时候吃汤圆,预示留住过去的一年,迈向新的一年。另一个是在丧家办丧事的时候吃汤圆。这个时候吃汤圆,有些不可思议,都阴阳相隔了,还团什么圆啊!崇山人自有崇山人的解释,这个时候吃汤圆,是以此怀念离别的亲人,寄托对未来生活的美好心愿。唯一的区别是,除夕之夜吃的汤圆有馅儿,办丧事的时候吃的汤圆是实心的。这两个时候吃汤圆,还有个共同的时间节点,就是吃的时间都在后半夜。

退休以后，我开始思考人生问题。之前我每天都是在锅碗瓢盆交响曲中度过，过得没心没肺也没烦恼。每次在餐桌上，我都不择时机地请教博学多才的群友。阿贫说得最多的是：人生最美的东西，都是从苦难中来的。犹如麦子必须磨碎，才能做成面包。我感觉他的"这道汤"我能懂，我可没想得那么复杂。从我这行来说，厨师分为红案和白案。红案主要是指肉菜和装碗、蒸碗的烹饪范畴，就是炒、焖、煎、熘、烩、烹、炸、熬、汆、炖等。白案是做面食，擀面条、包包子、蒸馒头、烙饼、做点心。简单地说，红案做肉食，白案做面食。我呢，红案白案都做，面包自然也会做。阿贫听了，恨铁不成钢似的摇了摇头，叹息一声：朽木不可雕也。

管你呢，我只知道人生到了我们这个年龄段，就进入了人生的后半程或后半夜。一句话，就是逐步进入吃第二种汤圆的时间段了。我们需要逐步适应面对各种生离死别，包括父母离别、夫妻离别、同事离别、朋友离别、群员离别……我在五十六岁到六十岁的四年之间，先后送别我父亲、我母亲、我岳父、我岳母。四位亲人仿佛相约好了似的，按年龄大小顺序排队，一年一个跟我告别。他们以为这种告别，天经地义，顺其自然，丝毫没有考虑到告别之后我就成了孤儿，从此以后我就是没爹没妈的孤儿。爸爸妈妈，岳父岳母，你们的告别简直是霸道不讲道理，不论后果，简直是太残忍了。

在崇山，完整送别送好四位亲人的男人女人，才能算是真正的孝男孝女。在崇山，经历送别四位亲人的男儿，被认为是越过了生命中的四道坎，翻过了人生中的四座山。人就会变得沉稳、从容、淡定，遇事不慌，处惊不乱，也就有了安慰他人的本钱。

消息是阿强从桂城发来的。那天，我们几个像往常一样在阿流家小聚。阿强给阿流打来电话：牙健柏病了，病得不轻，胰腺癌。我们都感到惊讶，她不是刚从崇山回去不久吗？怎么就病了！她那天来崇山气色很好，精神状态也不错。我想起钟南山院士说过的一句话，疾病是我们最好的朋友之一，因为它告诉你，你的生活出现了问题。如果你听它的，然后改正，那它自然就会走掉。可我认为胰腺癌这个病，可不是什么好朋友，而是个最危险最残酷无情的敌人。我母亲得的就是这个病，从发现到去世就四个月时间。

阿流和我商量，马上告知在羊城的达东和在伊犁的达娇，让她们尽快赶到桂城，代表我和阿流去探望牙健柏。阿流把我们的意思告诉阿强。阿强说不急，牙健柏很有可能要回崇山来，在家乡度过人生的最后一段时光。到时再让老伴们去探望也不迟。

消息很快在"阿流家宴群"里扩散，很多群员知道阿甫的夫人牙健柏病了，纷纷通过微信向阿甫表示诚挚的问候。通常群里有群员生日，大伙就发红包祝贺。阿贫发了小说，作品获了奖，也发红包与我们分享收获的喜悦。这次听闻阿甫夫人病了，有群员在群里发了专属红包给阿甫，数额蛮大，是阿明发的。阿流问他什么意思，阿明说是慰问金。阿流没再说什么，阿甫也没点收红包。

阿明到阿流家来，和阿贫、阿蒙、阿林、阿云、阿兴和我几个碰面。阿贫透露，阿甫是想带牙健柏回崇山的，他又是个死要面子的人，有些话我们可得跟他讲一讲。这本来是别人家的事，用不着我们这些群友去操心。可这又是崇山人的秉性或为人处世的风格。崇山的"兴台"（方言，好朋友）之间有个规矩：你家的事就是我家的事，你的父母就是我的父母。当然，你的老婆不是我的老婆。

如果牙健柏回崇山，阿明建议她住到养老院去，就住十楼那间1008号房。阿明列举住到养老院去的几种便利。第一，养老院一天二十四小时有专职阿姨陪护，不用阿甫和他的儿子儿媳妇操心。第二，养老院一墙之隔就是医院，病人哼一声，医生马上就到（这一点我印象太深刻了，我母亲在生命的危重阶段回到老家，身边没有医生，她是在剧痛中走完生命的最后一程，她生前要是有今天养老院这样的条件就没那么痛苦了）。第三，阿明说，第三种形态可能是阿甫要重点考虑的。

阿甫目前在崇山住的是原单位的房改房，也就是套房。不是独立的从地到天的私人房。到了那一天（对不起，人活着不该讲这话），在哪里举行吊唁仪式？不可能一咽气就直接抬上山去吧。按崇山风俗，最少在家歇息三天。崇山目前没有殡仪馆，去殡仪馆得到市里去。市里太远了，距离崇山两百公里。只能回到乡下去，可是乡下的老房子，归房族兄弟了。

阿明说，阿甫缺乏的这些，养老院都具有。养老院有规范标准的灵堂、吊唁厅，还有训练有素的工作人员。阿明最后交底，他的这些建议实际上就是阿叔的建议，他是代表阿叔前来转达意见和建议的，请甫哥慎重考虑。我们同意根据阿明转达的阿叔的建议，再综合集体意见，由阿强负责向阿甫转达。

阿甫很快回复，牙健柏不回崇山。她舍不得离开健柏，健柏也离不开她。她人生的最后时光将和孙子健柏在一起，一刻也不分开。阿甫在微信里晒出牙健柏和孙子的合照。照片上，她抱着健柏靠在自家阳台上，神态自若，看上去一点都不像个病人。两岁多的健柏头戴一顶小警帽，手里拿着一把玩具小手枪。

大伙在"阿流家宴群"里，纷纷把各自手机里有牙健柏的照片都晒出去。阿流晒出的那张是偷拍的，是牙健柏吃醉虾的镜头。照片上，牙健柏眯着眼睛在嚼醉虾，憨态可掬。阿林晒出牙健柏和阿甫在船上合唱《你是幸福的我是快乐的》的情景，两人深情对唱，倾情演绎。我晒出的一张是抓拍的，那时牙健柏靠着船栏杆，望着远方。不知她听到了什么就侧过脸来，微微一笑。微风吹过，几缕发丝盖了她的右眼，我就在那一瞬间按下快门。

阿甫在微信里说，牙健柏很喜欢这张照片，委托他转达她的谢意。

大概一个多月后，阿甫带着牙健柏突然回到崇山，当晚直接住进了养老院。具体什么原因让她改变主意回到崇山，我们不得而知。我们只知道她的病情发展得太快了，住进养老院后基本上就进入了弥留状态。第二天上午，牙一笑、牙擎苍、牙邦元、牙鸿涛、牙李晨若宇、牙张哲泽祝最先赶到，下午达东和达娇相继抵达，九姐妹终于聚首崇山，相聚在养老院。她们在最该相聚的时光里，很少有机会相聚，最后一次相聚却是在人生诀别的时候。现场没有往昔的欢声笑语，有的是彼此哭红的眼睛和脸上深深的泪痕。她们围坐在最小的妹妹身边，格外珍惜眼前的每一分，每一秒。牙一笑提议我给她们拍一张集体照。我接过她的手机，连续拍了几张。我这是第二次给她们拍集体照，之前一次是我们九家人在海边游玩时拍的，那时她们是多么地快乐。

牙健柏最终还是离开了她的另一半阿甫，离开了儿子儿媳妇，离开了孙子健柏，离开了她亲爱的姐妹们。悬挂在吊唁厅里的她，却是不轻易地回眸一笑——阿甫说牙健柏自己定的，她的遗像就要我发在微信上的那一张。

按照崇山风俗，年长的不能给年少的守灵，所以刚开始牙健柏遗像下方，棺材两边的孝男孝女就有些单薄。事实上也不能算是单薄，我们八个兄弟的儿子儿媳女儿女婿全都来了，甚至我的姑爷安南也来了。我和姑爷安南今年只见过两回面，一面是春节在羊城，一面就是在养老院灵堂这里。往往亲人亲属、亲朋好友相会相聚，更多是在葬礼现场，在生离死别的时候。活着的时候，我们总是没有时间。八个兄弟的儿子儿媳女儿女婿，陪伴阿甫的儿子儿媳分坐在牙健柏棺材两边，安安静静。因为我们的关系，他们彼此也都互相认识，但完整的聚集，却是在这样一个场合。

晚上，灵位两边的孝男孝女一下子茂盛起来。群里几个群友的儿子儿媳女儿女婿，还有阿叔、阿明的儿子儿媳全部披麻戴孝在灵位两边席地而坐。这么庞大的守孝阵容，在崇山农村都少见。牙健柏如九泉有知，她应该感到慰藉。人活一张脸，人死后还是一张脸。尤其是崇山这个地方，特别讲究灵前的守孝队伍。稀稀拉拉和齐齐整整，都被看作是世态人情的具体体现。

阿叔头上戴一顶白帽，腰上缠一条白布，忙里忙外，像一只陀螺一样转着。他那高嗓门到了晚上就变得喑哑，像一只耗完电池的扩音器。原因是他指手画脚太多，讲话太多，嗓门使用过度。

有一件事，阿叔一天到晚都在重复地做，就是不断地更换供在灵前的那碗汤圆。一旦汤圆冷却了，不再冒气了，阿叔立马换上一碗热气腾腾的汤圆供上。

有一些事，阿叔其实没有必要亲力亲为。比如迎宾送客，比如安排用餐……他有的是马仔，兵强马壮。也根本不用他发号施令，本来就有人去张罗了。

他不是有一个帅哥司仪吗，那么外家人（牙健柏那边家人）、亲朋好友来上香，由帅哥司仪来主持就得了，可他偏偏要亲自喊口令：孝男孝女灵前肃静，一叩首、再叩首、三叩首，礼毕。他无非嗓门高嘛，可这种场合又不需要高音量。

另外，我和阿兴两个厨师，也摆不上场面。本来厨房的事，我们是可以参与的。阿叔却说不用，也用不到你们，你们负责陪甫哥聊聊天。劝劝他，别太难过了。说每个人的人生舞台大幕随时都可能拉开，同样随时都可能合上。关键是你登台过没有，表演过没有。他认为这一点，阿甫夫人牙健柏没有遗憾，因为她遇到了好男人阿甫。她的人生就像她和阿甫在船上唱的那样：你是幸福的我是快乐的。这说明，那天阿甫和牙健柏合唱的时候，他早已蹲守在船上的某个角落了。

到了夜里，阿叔会炒几个菜，端到阿甫房间来，陪他喝几杯，有时也邀请我们八个兄弟来陪同。这段时间，因为阿甫家中突如其来的变故，我们八个兄弟也临时住到养老院来，相当于提前感受养老院的生活。

阿甫以往不怎么喝酒，这些日子每晚却要喝几杯。他看上去一下子苍老了许多，原来只是两鬓有些斑白，现在已是一头白发。白头发他无法控制，神色却控制得很好，或者他已将所有的愁绪都化成了一根根白发——最强大的人往往是那些在内心扛住千斤重，表面却很淡然的人。

这一夜，阿甫至少喝了一瓶白酒，53度的酱香丹泉。按照他以往的酒量，今晚的总量远远超过了控制线，像汛期的乌水河洪峰越过了桥墩上的警戒线。喝了酒的阿甫一改往昔严肃的表情，变得和蔼可亲，变得随和，变得平易近人。他竟然重复了一句阿流经常引用的一句话：吃饭是为了肉体，喝酒是为了灵魂。

阿流当即表明态度：不是我戒不了酒，是我戒不了朋友。

阿甫拍了拍阿叔的肩膀，亲昵而不失稳重。这是我头一次见阿甫拍阿叔的肩膀，以前有几次都是阿叔喝醉后拍他的肩膀，手很重，甚至有些野蛮。阿甫任由阿叔拍着，好像拍的不是他的肩膀。

阿甫说，阿七，请记住这样一句话：和你一起笑过的人，你可能很容易把他忘掉。和你一同哭过的人，你却很难忘记他。人为什么会流泪，那是因为眼泪代替了嘴巴说不出的悲伤。他指着阿叔的胸脯：你是和我一同哭过的人，我不会忘记你的……阿叔端起酒杯自饮一杯，以示感动。餐桌边，阿叔一感动就自饮。如果太感动了，就干"小钢炮"。

阿甫主动陪阿叔干了一个"小钢炮",对他说,不过有一句话我还是要跟你讲,再次跟你讲……他伸出拇指和食指比画着:那把枪,你还真的别藏着,它不是什么宝贝儿,它是个祸患。

　　阿叔倒酒的手,突然一抖,倒往杯子里的酒竟然没倒对杯口,倒到了地上。

第十四章 羊活血

离开养老院,"牙"们返回各自的岗位,继续扮演保姆的角色。回不去的只有牙健柏,她永远留在了家乡崇山。孙子健柏临上车时四处张望:奶奶呢?奶奶怎么没上车。他认为奶奶跟他捉猫猫,捉完猫猫还会从棺材里出来。

牙健柏的后事处理得相当周全,周全得无可挑剔。像年度绩效考评社会评价一样,外家人对女婿阿甫的综合表现打了满分。老丈人是崇山目前为数不多的健在的离休老干部,他参加过解放战争和抗美援朝,跨越过长江,跨越过鸭绿江。经历过无数次的生离死别。寒风中,老丈人握着女婿阿甫的手,很明确很肯定地表态:你过去是我的好女婿,现在是我的好女婿。将来,将来你要是认可的话,仍然还是我的好女婿。我们心里都很清楚,这场后事之所以处理得如此周全,完全得益于阿叔的通盘考虑、精心策划和细心组织。可以说,整个过程没有一件事让阿甫担心过、费心过。可是送走牙健柏后,阿叔突然不见了。在阿甫答谢养老院后勤人员的宴席上,也没见到阿叔的身影。阿流向阿明求证:是不是因为那晚阿甫比画拇指和食指的那句话,阿叔不开心了。阿明回应道,阿叔没那么小气。

我和阿强、阿蒙、阿林、阿云、阿兴等几个固定的"爬友",每天按时起床爬山。我们住的地方靠近武装部,每天清晨准时听到军号吹响。然后是立正、向右看齐、向前看、向右转、跑步走、一二一、一二一……军号一响我们起床,出门爬山。天天如此,风雨不改。风雨不改有点夸大。有时雨太大了,我们也出不了门。有时半途遇上瓢泼大雨,我们也只能返回。有一次返回听见人家冒着暴雨一二一,遂跑到近前探个究竟。操场上一个人影也没有,原来人家在放录音。

爬山回来,我们来到阿流家,喝一天中的第一杯茶。平常大伙在微信里互道早安转发最多的是这一句:一日清闲一日安,一杯清茶道平安。此时一楼茶店的门已经打开,第一壶茶也已泡开。当然,这种情形仅限于矿老板住店的日子。矿老板每个月总要神秘外出几天,短则三四天,长则七八天。外出期间,委托阿流看店。阿流开店门要在下午三点以后,我们要喝,就是下午茶了。开店门并不是要替矿老板赚钱,只是证明茶店还存在,并没有关闭或转让。

阿流早上也上山,但不是跟我们集体爬山。他是单独行动,拍鸟。他的理念是:养生不如喝茶,喝茶不如喝酒,喝酒不如钓鱼,钓鱼不如拍鸟。

进到茶店来,矿老板已泡好了茶。摆在他前面的不是茶点,而是几本书法作品。他一面品茶,一面欣赏书法。矿老板除了喜欢新诗,还喜欢书法。靠墙的桌子上,除了诗友们送给他的诗集,还有几本书法作品集。他曾当着我们的面说,阿贫的字,是字不是书法。他说书法是有法的。具体什么法他没跟我们讲,因为没法跟我们讲清楚。确实我们没几个懂书法,总以为一个"人"字写得刚劲有力就是书法,矿老板说那不是。阿流说我知道,"人"字要写抽筋了,才是书法。矿老板立即纠正:不是抽筋,是抽象。话传到阿贫那里,阿贫说那他在店里挂别人的嘛,何必挂我的。矿老板不以为然,他说他虽然搞不了书法,但晓得是不是书法。就像他没种过茶,但晓得是不是好茶。阿贫很少到茶店来,不是他跟矿老板有瓜葛,是他大部分时间都泡在电脑前。他总有干不完的活。写完剧本写小说,写完小说写剧本,还到处去讲学去采风。这是他和我们最大的区别。我们已基本无事可干,该干的事已干完,没干完的事已干不了。我们的规划也不远,五年规划没有,只有年度规划。力争做到"五个一",即一天喝一杯茶、一周聚一次会、一月读一本书、一季旅一次行、一年出一趟国。后面这第五个"一",属于远景目标,近期只有阿贫一人实现。他去了一趟越南和柬埔寨,他的小说被翻译到这两个邻国。

概括起来,崇山城区中老年人主要有四种类型。一种是待在书房里,就是阿贫那种,一心一意搞创作搞学问搞研究,偶尔会会朋友喝两杯。一种是泡在茶馆里,喝茶、聊天、吹牛逼。吹牛逼不纯是夸海口、说大话,也属于聊天范畴。聊天,也叫吹牛,只是"逼"字省略掉了。一种是耗在广场上,组织几个别人的老公或老婆在那儿唱歌,跟着扩音器从早吼到晚。早上吼的是:几度风雨几度春秋,风霜雪雨搏激流。历尽苦难痴心不改,少年壮志不言愁……晚上吼的是:最美不过夕阳红,温馨又从容;夕阳是晚开的花,夕阳是陈年的酒;夕阳是迟到的爱,夕阳是未了的情……一种是

第十四章 羊活血

从早到晚守在麻将桌前，几家欢乐几家愁。打住，这是别人的私生活，不可说三道四。

大约九点的时候，进到茶店来喝茶的人逐渐多了起来。从茶店喝茶的人的吹牛中，我们听到了一个不断被重复的消息：阿叔的弟弟被带走了。这是一个笼统的说法，正确的表述是，他的一个堂弟被带走了。

关于阿叔的这个堂弟被带走，有两个版本。喝碧螺春的是一个版本，喝普洱的是一个版本。喝碧螺春的版本是，公安到家里来将他带走。喝普洱的版本是，阿叔亲自送他的堂弟去投案自首，这是阿叔丢卒保车的一步棋。阿叔觉得不能这样蒙混下去了，不能企图侥幸过关了。他本人已被公安传唤两次。凡事不过三，再被传唤一次就有可能回不来了。无论如何得有人进去，没有人进去是说不过去的，至少得给人家一个指标。搞经济有指标，办案也是有指标的，所以他走了这一步险棋。留得青山在，不怕没柴烧。这里面还有一个情况，就是阿吉不停不断不依不饶地举报阿叔。每次崇山有上级扫黑除恶督查组指导组来，阿吉就举报阿叔一次，其间他还进京上访过。举报次数多了，上面就不得不过问了，就要高度重视了。事实上阿叔前两次被传去了解情况，都跟阿吉举报有关。但是如果仅仅是借高利贷的事，那简直就不是个事儿。阿叔担心的不是借高利贷的事，而是别的事。不是他们两人之间的经济纠纷，而是阿叔他个人的旧账老账。一句话，他怕的不是阿吉，是阿吉的兄弟。

话说到这个份上已有所指向，应该点到为止了。可是喝普洱的人像骑了一头疯牛刹不住了，只能冲出去了。他说一位老公安、一位老检察长、一位老法院院长当年办过阿叔的案,后来有人干涉阻挠没办成,这次趁着扫黑除恶专项斗争的形势联手合作,要一起拿下阿叔。

当即有人反驳道,吹牛逼!三个老家伙的枪都上缴了,还联什么手!

吹牛逼的人喝了一口普洱茶,将漏网的茶末连同"逼"字吐出来:你这是逼我把话说明白。

那人说,谅你也不敢说。

吹牛逼的人白了他一眼:说就说。这三位老"三长"的某个哥们儿,现在就是公安厅的厅长。前几天刚到崇山检查扫黑除恶专项斗争进展情况,专门过问了阿叔的情况,这下应该清楚了吧。

听他们吹得有板有眼的,我们几个都不出声。吹牛逼的人压根儿就不知道,他所提到的"老三长",其中"两长"就在听众中间。

听吹牛逼的人提到阿吉,我才想起好久没见他了。牙健柏去世时,阿吉没出现在养老院,但他封了个人情封包委托他人转给阿甫。阿甫拒绝了。丧事前后阿甫没接受一个人情封包。他的理由很直接很明了:你不欠我,我不欠你,不要把人情移交给下一代,搞得没完没了的,我们这一代该了断的事要了断。

阿甫不但把养老院的费用都结算清楚,还给每个后勤人员发了一个红包。按崇山人说法,叫避邪包。不过这个避邪红包,通常是丧家接受探丧人的人情封包了才返还。这么说,阿甫这个红包,既是避邪红包,又是人情封包。养老院后勤人员也以为是普普通通的避邪红包，个个都接受了。回家一看才发现红包里装了五百块钱，这才明白红包不是简单的避邪红包，是他们的加班补贴。

阿甫结了养老院的账，还给后勤人员发红包，这让阿叔很不爽。据说那位帅哥司仪跟阿叔说了这样一句话：当斧头来到森林的时候，好多树都说至少把柄是我们自己人，结果不是。

周五中午我们在茶店喝完茶，阿甫他们几个约定下午拼车回桂城。约好出发时间，阿流电话铃响。阿流手机的彩铃，是悦耳的《新闻联播》片头曲。他挂了电话对阿甫他们几个说，你们回不去了，阿弟今天晚上邀请大家到阿超那里吃羊活血。在崇山，吃羊酱和吃羊活血的性质是一样的，都是宰羊吃羊肉的代名词，就像吃龙棒要劏猪一样。阿甫看了看手表。阿流说，别看了。看手表的人，不一定有时间。

果然阿甫说，你们去吧，我自己坐高铁回桂城。

阿流说，我们几个可以缺席，唯独你不能缺席，阿弟特别交代的。

阿甫说，这羊活血招待的主客应该是阿贫，阿弟还欠他一餐没有菜单的饭。不能缺席的是阿贫，你重点通知他就得了，我们陪同的可去可不去。

阿强说，你不去，我们也不去。以后的饭局，要去就大伙一起去。

阿兴说，要不我们明早再回桂城吧，这羊活血很久没吃了。阿甫你既要考虑个人情绪，也要兼顾一下大伙的口福。

听阿兴这么一说，我不禁想起阿江。上一次吃羊活血是在阿江公司，阿流他们过后还在哪里吃，我不知道。那次吃羊活血后不久，阿江就心源猝死了。

阿甫说，既然很久没吃羊活血了，大伙就一起去吃呗。又叹息一声：人生最大的窘境就是，即使伤心也不会降低食欲。

阿蒙说，伤心还好，伤胃就不好了。

阿林说，你们都不觉得吗，我们每吃一场宴席都是鸿门宴。

阿流说，你敏感了，我们吃的都是家宴，家宴而已。

我们在规定的时间，来到规定的地点——阿超的"柴火大队"。这个"柴火大队"，就是之前叫"行宫"的那个山庄。

我们到达时，两个厨师正在那里互相指责，一个责怪一个。原来是羊活血做得不是很成功，或者说做得不很标准。羊活血不是老了，而是嫩过头了。羊活血做不成功，不能片面追责主观原因，即人的问题，技术没掌握好。殊不知羊活血做不成功，很大程度取决于羊。如果羊刚从山上赶下来，累得气喘吁吁的，羊活血绝对做不成功。

阿超阴着脸从里面出来，没跟我们打招呼，而是一连串"双规"（方言，屌他公龟，操他公龟）斥责那两个厨师。那两个厨师看上去，年龄比阿超还大，却像孙子做错了事似的不敢抬头面对爷爷。

阿贫实在看不过去就替两个厨师辩护，说不就是一盆羊活血吗，有什么大不了呢！大伙主要还是吃肉，肉弄得好不好吃才是最关键的。再说羊活血吃不了，那就吃羊酱嘛。代表吃羊肉的两样东西，有一样就可以了，不一定要两全其美。既是替两个背时鬼厨师解围，也是提醒我和阿兴：不要袖手旁观，要主动参与。

阿贫说是这样说，其实他对主家的菜肴更加挑剔。到外面聚餐，如果不是我和阿兴亲手掌勺，他总要挑三拣四，甚至要求重新回炉。

我们进到厨房，重点针对阿贫关注的白切羊肉和羊扣这两道菜，进行技术把关。阿贫对白切羊肉这道菜的技术要求是，要炖够足够的时间（慢火至少两个小时以上），又不能把肉炖烂了。炖的时间不够，山羊特有的肉味就出不来。炖过头了，羊肉又没有嚼头了。阿贫这个带有哲学问题的要求，实则模棱两可，难以把握。单是羊龄的肉质就很难把握，老羊和嫩羊的肉质是不一样的，炖的时间也不同。单纯吃草和喂过饲料的羊，肉质也有明显区别。唯一的办法，就是用嘴巴去检验，可嘴巴是我们的嘴巴，又不是阿贫的嘴巴。所以很多场合，我们不怕阿贫跟我们讲唯物论，就怕他跟我们讲辩证法。

可惜这两样重点佳肴，和羊活血一样也已做好了，即将端上桌面，我们已无法把关。阿兴随手抓一块白切羊肉，放进嘴里大口嚼着，向阿贫保证：放心，它确实是山羊肉，各种参数指标也达到你要求的八九不离十。

阿继在阿弟、阿明、阿叔的陪同下出现，身后还跟着一帮人，穿着清一色的黑色夹克。黑色夹克和白色衬衣，是当今公职人员的便装。夏天穿白色衬衣，冬天穿黑色夹克。穿黑色夹克的我一个也不认识。不认识很正常，机关单位是铁打的营盘，职员都是流水的兵。如今跟我们同年代的人基本上都退休了，现在岗位上都是陌生的面孔。阿贫有一次到原单位去找一份资料,刚进大门就被保安喝住。阿贫说我是你们的老局长。保安说单位有五位老局长,你是哪位老局长?就是不让阿贫进门……见到阿继,阿林和阿云想溜之大吉,可已来不及了。只好自觉地跟着我们站了起来,用实际行动表示迎接。

阿弟说不用介绍吧,应该都认识的。

阿继热情地伸出手来:都是老面孔嘛。他一只手握着阿甫的手:老哥,节哀顺变!另一只手再叠上来,进一步增加了情感的分量。

他坐下来,招呼大伙都入座了。看看阵容不对,又站起来纠正道,你们几个老同志不能挤做一堆嘛,要分开来坐。你们天天挤在一起还不够吗?要知道今晚不是对话会,是座谈会。

阿弟过来对我们的座位进行调整。阿甫、阿强、阿蒙三位"老三长"围坐在阿继两侧。阿贫、阿林、阿云、阿流、阿兴和我,我们几个被安插到阿继的随行人员中间。宴席上这种坐法叫做:分割包围,各个击破。

阿甫刚坐下又站起来。他来到阿叔面前,跟他握手寒暄。在养老院答谢宴席上,阿甫没见到他心里很愧疚,他一直想找这个机会跟阿叔道一声谢谢。今晚他之所以爽快地答应来吃饭,不仅仅是为了满足大伙的口福,而是想要见到阿叔。他知道这餐饭名义上是阿弟宴请,主人实际上是阿叔,许多饭局也是这样。他当然也明白这餐饭的目的是什么,包括之前的那些饭局。

阿甫说,家里的事多谢你了!

阿叔粲然一笑:甫哥客气了!

因为羊活血做得不是很成功,阿超始终紧绷着脸。坐到餐桌边来才知道，原来阿继不吃羊酱，只吃羊活血。披露阿继这一"秘史"的是阿弟。他说老大，今晚出席宴席的主要客人是"阿流家宴群"的群员。按照"阿流家宴群"的规矩，宴席开始前要讲一个故事，今晚的故事就从你这儿开始。

阿继说，你讲。

阿弟讲了阿继这样一个故事。

平时阿继下村，总要下到养有山羊的村子去，不是为了吃羊肉，是为了推动养殖业的发展。在那个叫"山上"的屯里，村主任宰了自家一只阉羊接待阿继。阿继在吃羊酱时，突然发现汤匙里有一粒像黑豆但不是黑豆的东西。他的手猛地一抖，那东西掉到地板上，在他面前连续翻了几个筋斗才停住，那是一粒羊粪。阿继当即出现反胃并导致胃痉挛，无法进食。事后调查，那是村里一个流浪汉的恶作剧。平时村里有人家宰羊，流浪汉都要去蹭一碗羊酱喝。可那天村主任家不是宰一只羊那么简单，而是重要的接待工作，只能将流浪汉拒之门外。吃不了羊酱的流浪汉，恼羞成怒。趁人不备溜进厨房，往锅里扔了一粒羊粪。从此以后，任由别人怎么劝说，阿继再也不吃羊酱了。

阿继问，讲完了吗？

阿弟说，讲完了。

阿继说，那就开吃。

令我们意想不到的是，阿超认为嫩过头的羊活血，到阿继的嘴里却变得口感极佳，鲜嫩无比。阿继连连称赞，好，很好。阿超长出一口粗气，表情恢复到原先的模样。一道明明做砸了菜，偏偏得到上司认可且大加赞赏，什么原因？难道本来就做得好，不是，那是什么？是口味或喜好。上司的口味或喜好，决定物质的质量或品质，当然也决定一切。

阿继连续吃了两块羊扣，遂指出其中不足之处。阿超的表情又紧张起来，刚拿起筷子又放下来。阿继说豆腐乳放多了，抢味了。他说实际上羊扣无需添加任何配料，淋上酱油直接蒸了。狗不用姜羊不用酱，千古不变。

吃过肉喝过酒之后，阿继开始发表讲话。此前曾有两三次在阿流家跟他吃过饭，桌上主要是听他作报告，从国际到国内，再从全国到崇山。阿继说，很早就有这个想法了，请各位来坐一坐，征求大家对崇山发展的意见和建议。你们虽然都退下来了，能耐能力能量还是挺大的。可是我实在是太忙了，一直抽不出时间来。这不，昨晚半夜三更才从外地招商引资回来。说罢问阿弟，今晚招商引资新闻播了没有？

阿弟说，新闻播出时间早过了。

阿继说，你叫台里重播一遍。

阿弟说，不好吧，电视节目都是编排好了的。

阿继说，规矩也不可能一成不变，《新闻联播》都还延长时间呢。阿超急忙去打开电视机。阿弟出去打电话回来不久，新闻就出来了。

画面上，阿继率领一帮人在外地考察项目。这帮人现在就在现场，好像他们刚从外地回来后还没回家。陪同人员中，阿叔特别显眼。个头显眼，站的位置也显眼，他把其他陪同人员都挡住了。高大的阿叔往阿继旁边一站，不知阿继有没有"天塌下来有高个儿顶着"的感觉。

阿继将播音员的解说进一步延伸：这次出去招商，收获很

第十四章 羊活血

大,把一个专门加工出口的服装厂引进来了。阿继特别指出,这么大的项目能落户崇山,阿七功不可没。

阿叔说,我只不过帮你喝了七杯酒。

不是七杯酒那么简单。阿继转而对我们说,现在招商引资最大的困难是什么?不是项目,不是资金,是土地。土地拿不下来,一切都无从谈起。

过后我们得知,为了帮助县里拿下服装厂这个项目,为了让服装厂这么一个重大项目落户崇山,阿叔主动将他早年征下的那片荒地贡献出来。当然不是分文未取白白地贡献,是按当年的地价转让给政府。

阿继说,前段时间,阿七刚刚把嘉林景苑小区移交给政府,作为易地扶贫搬迁安置点,现在他又把自己拥有的土地转让给政府。在崇山,没有第二个人能做出如此重大的贡献。阿继说到这里,就有些动情甚至动容了,他说,有人造谣我们崇山商人不讲大局不讲奉献,全国有几个商人能做到阿七这个份上!据我以往的经验,阿继诘问之后就要痛斥。果然他痛斥道,可是,偏偏就有人看不得崇山稳定和谐的局面,看不得崇山健康发展的局面。存心添堵添乱,暗中搞小动作。像某些人在球场上不是好好打球,而是故意出阴招,使绊子,把人放倒是他的最终目的……这话指向很明确,出处很熟悉,就像从阿贫的嘴里说出来一样。

我们的目光不自觉地投向阿甫。阿甫竟聋了似的没听到这句话,一点反应也没有。他有些笨拙地翻找他的手机微信二维码,让邻座那个要扫他微信的人扫一扫。网上有人这样说,内心强大的人,早就戒掉了情绪。

然而，有一个人站了起来，是被安排坐在阿弟身边的阿贫——"使绊子"故事的原创者。

阿贫起身后离开座位，直接来到阿继跟前：我本来要给你发微信的，让你一个人私下领会。可惜我没你的微信号，只能当众跟你讲了，并扩大到你的部下，范围有点扩大了。我要讲的这句话是，请你不要贸然评价我们，因为你只听闻我们的故事，却不知道我们经历过什么。

阿继也站了起来：请你把话讲清楚一点。

阿贫说，对了，终会有人提醒你把事情讲清楚。他盯着阿继说，请你务必记住我这句话。阿贫说罢朝门外走去。我们也站了起来，离开座位。阿甫最后一个离开座位，他没有直接跟上我们，而是绕过一个座位去跟阿继握手道别，两人还小声说了几句，好像是来日方长，后会有期。阿甫温文尔雅的举措，使得我们的退席变得彬彬有礼，预留给原地的人足够的面子。

第十五章　玉米煎饼

工作时总怪没时间看书，退休后一捧起书本就打瞌睡。其实中学时代的我也是很爱看书的。初中时读过手抄本《曼娜日记》《一双绣花鞋》。高中时读过正规印刷版《第二次握手》《青春之歌》《钢铁是怎样炼成的》《野火春风斗古城》等等。参加工作后，渐渐地就不怎么看书了。有了智能手机后，就更不愿意翻书本了。最近，阿贫给我一本小说《我曾经伺候过英国国王》，是他最崇拜的捷克作家赫拉巴尔写的。他说小说里那个主人公干的活儿跟我先前干的差不多，建议我读一读。读完后，按照小说的讲述模式，给他讲讲我在县府招待所给大领导煮饭的故事。按照他的吩咐，我是有任务的。按计划，我每天晚上上床后争取读它五十页。可是我一般读到十页就困了，就打瞌睡了。困扰我多年的失眠，竟然被一本《我曾经伺候过英国国王》的小说悄无声息地治愈了。

准备关灯的时候，阿强打来电话：荣哥出差路过崇山，请来家里陪同宵夜。我急忙翻身下床，穿上外套出门，速度比当年上学还快。来到阿强家里，阿贫、阿甫、阿蒙、阿流均已在场。以往聚会都是由阿流负责召集，今夜阿强亲自通知到各人。

　　阿强在厨房里搅玉米粉。荣哥以往回到崇山，一定要吃玉米煎饼，喝苦麻菜汤。这可能跟他孩提的苦难有关，至今念念不忘。荣哥还未来到，阿强就开始煎饼了。阿甫建议道，到了再煎吧，凉了就不好吃了。阿强解释，他现在是预演，也就是练习，先煎几个看看。万一煎不成功怎么办，现在还有时间可以整改，荣哥到了整改就来不及了。

　　你看看，阿强能想到预演这一步，我们就想不到。这就是素质，也是差别。当然，这也跟他煎饼的水平和自信心有关。他往玉米面糊里打了两只鸡蛋，估计是担心粘锅，捞了鸡蛋粘锅的问题就解决了。可是他没想到，捞了鸡蛋的玉米煎饼虽然滑嫩，却不是原汁原味的玉米煎饼了。最为关键的是，捞了鸡蛋后就无法将玉米饼煎得焦黄焦黄的，这应该不是荣哥想要的效果吧。

　　我将看法和盘托出，亲自动手煎了几个酥脆爽口的玉米饼。煎玉米饼是我的拿手好戏，我的厨艺正是从煎玉米饼开始练习的。

　　阿强尝了之后就把活路全扔给了我，不只是煎玉米饼，还要煮苦麻菜，还要煎粽子，煮腊肉。记得上次有幸跟荣哥通话，他特别提到那次公务接待我不给他吃腊肉和粽子的事。说这两样东西没有食品检疫标识，按接待规定不能上餐桌。

　　粽子、腊肉阿强已准备好了。腊肉是阿贫从家里拿来的，绝对正宗。粽子是崇山专业队包的，也没有问题。就是没有鸡。阿强说没有就算啦，荣哥很随便，他不讲究的。

　　阿流说，没有鸡，那是无稽（鸡）之谈。

第十五章　玉米煎饼

阿贫笑他：你这话才是无稽之谈。

我没有水平跟他们理论。我知道一句话，无鸡不成宴。宵夜也是宴，所以要有鸡。客人吃不吃是另一码事，要摆上桌面，作为一种景象存在。像列席会议的人，死鸡嘴紧闭，没有说话的资格，也不能缺席。我看了一下苦麻菜的叶子，发现不是正宗的苦麻菜，是变种了的转基因的苦麻菜品种。真正的苦麻菜，要经过沸水撩过才能吃，而这个苦麻菜洗净手撕就可以下火锅，一点苦味也不会有。

阿强问怎么办，我提供线索：阿兴刚回老家，他肯定有。

阿强说，那就增加一个陪餐人员吧。

公务接待有规定，严格控制陪餐人数。民间聚餐同样要遵守规矩，同样要控制陪餐人员，尽量缩小范围，所以阿强就没邀请阿林、阿云和阿兴参加。另外，阿强还特别强调，宵夜绝对要保密，绝不可泄露出去。

我打阿兴电话，他话里有话，酸溜溜的：想吃土菜又要规避我，真是的！最后还是过来了，不仅带来了正宗苦麻菜，还带来了一小袋山里的小黄豆和一只杀好了的土鸡，童子鸡。黄豆配苦麻菜，那是绝配。姜丝童子鸡，也是一道好菜。当然，鸡必须白切。正式的宴席上，没有白切鸡，其他炒鸡，焖鸡，水煮鸡，也等同于没有鸡。

阿兴似乎知道荣哥今夜路过崇山，似乎察觉我们正好缺少这些东西，他早已在家准备好了，单等我的电话。他扬了扬手上一个小瓶子，让我们猜猜是什么宝贝儿。大伙都以为是蜂蜜，原来是野猪油。他说苦麻菜一定要用野猪油来煮，用别的油或者用什么高汤来煮，都煮不出苦麻菜本来的味道。

荣哥像个神秘夜行侠，单枪匹马到来。摘下口罩，我们才认得出来。阿强率阿贫、阿甫、阿蒙、阿流迎上前去与他握手。阿贫说道，高处不胜寒啊！荣哥问他，最近写什么？阿强替他回答，阿贫正在闭门创作一部反映扫黑除恶专项斗争的电影剧本《崇山飓风》，得知你来，他才过来，我们都请不动他。

荣哥说，现实题材，好啊！

荣哥进到厨房来，问候我和阿兴。这是荣哥一贯的处事风格，特别礼贤下士（厨）。阿兴兴奋地向他介绍宵夜菜谱：腊味拼盘、白切童子鸡、黄豆苦麻菜、玉米煎饼、煎粽子……我趁机又对荣哥说，这些可都没有食品检疫标识啵。荣哥说，家乡清新的空气，没有污染的土地，才是食品检疫标识的硬核。

他看了看苦麻菜，问道，这个季节山里还有这种野菜？

阿贫说，当一切燃烧殆尽，我们的玉米地还会重新长出绿色。

荣哥说，我问的是苦麻菜。

阿贫说，苦麻菜就是从玉米地里长出来的。

荣哥不用筷子，直接手抓玉米煎饼，一边品尝一边回忆童年时光：小时候，我每天就带着这个东西到学校当午饭。

阿蒙说，看来你家过去是大户人家。

哪里！荣哥说，我家可是正儿八经的三代贫农。

阿蒙说，我小时候别提玉米煎饼，见都没见过。今晚是第一次见到，也是第一次吃到。小时候偶尔能吃上一顿玉米干饭，也是在逢年过节的时候或者家里来了贵客……阿流说，你还能吃上玉米干饭，我童年喝的都是玉米粥，吃的都是苦麻菜，菜汤上面没有一粒油星。为了让干涩的苦麻菜变得柔软一点，母亲就舀几瓢玉米粥添加到菜汤里去，结果变成了一锅苦麻菜玉米糊。

莫讲了，我都不忍心听下去了。阿贫说，你们哪里是喊穷，你们这是炫耀，炫耀你们小小年纪就懂得养生了。从小时候起就开始养生了，怪不得现在这么老了，身体还这么硬朗，还可以"得跃"地跳过墙去。

这话触及阿强的痛处，他当即反击道，你这个"非农业"的，没资格跟我们这些农村贫下中农的后代谈论苦难，你一生下来就吃牛奶面粉长大……你这样讲也不对，阿强才说两句被阿兴打断：你不是"非农业"，你根本不懂。那时乡下粮所，面粉面条偶尔有点，也不是经常有。我和阿贫只不过比你们多吃了一点"三号米"（陈年大米），牛奶绝对没有，见都没见过。同样是"非农业"的阿兴，既为同类的阿贫打抱不平，也替自己辩护或辩解。

阿强所说的"非农业"，指的是城镇居民，即非农业户口。非农业户口，本来是国家给城市城镇没有土地的人的一个待遇。就是说你家里没有土地，国家每个月给你到粮所购买一定数量的粮油，没想到就变成了香饽饽，成为城镇居民和农村人口差别（史称城乡差别）的标志之一。我们成为干部后的第一件事，是转移户口。把原来的农村户口转为城镇户口，成为非农业人口。包括考上大中专院校、录用为国家干部、招录为工人、民办教师转为公办教师，等等，第一件事是到当地派出所办理户口转移手续，成为非农业户口。成为拥有工作证、粮证、医疗证、户口簿（简称"三证一簿"）群体中的一员。可以说，成为非农业户口，是我们这些农村孩子当时的奋斗目标。

这帮人一见到荣哥，不谈国际国内形势，不谈退休生活，而是回忆过去的苦难，像过去的忆苦思甜。忆苦思甜，是过去艰苦的日子里经常做的一件更艰苦的事情，后来成为一个约定俗成的成语。我对过去的忆苦思甜会，印象特别深刻。我小时候，经常跟在大人身后去参加。台上拉着红色横幅，有人喊着口号：牢记阶级苦，不忘血泪仇！然后有人上台做报告，说旧社会如何如何不好，往往说得声泪俱下。现今我们经常忆苦思甜，是因为现实的果实太甜了，我们才想起过去的忧伤。

我也回忆了一下我自己。从小学到高中，我连玉米粥都没喝饱过。记得读初中时，我每天的食物三分之一是玉米粉，三分之二是红薯。我小学时就知道一个词语，那个年代非常流行的一个词语——瓜菜代。瓜菜代，是当年为了应对粮食极度短缺以产量高的红薯、萝卜等食物代替粮食做主食而出现的一种简称。作为一个跟肉跟油打了半辈子交道的厨师，迄今我的血脂血黏血压血糖一直保持正常指标，应该得益于我童年吃过瓜菜代，我的身体有了抗体。所以我不曾仇恨玉米、红薯，而是对它们充满了感激。如今老了，我还在弘扬瓜菜代精神，我每天的主食依然是玉米粥、煮红薯和芋头。

宵夜在这种没大没小或不分大小、无牵无挂没有顾虑，在你来我往的辩论中进行。表面上看彼此互相挖苦，讽刺揭短，实则气氛轻松友善，温馨和谐。大伙也不怕得罪荣哥，荣哥也没一点架子。讲到精彩处，荣哥同样击掌点赞。前面的话题，主要围绕玉米煎饼和苦麻菜，开展忆苦思甜。后面的话题，逐

第十五章　玉米煎饼

步回到家庭上来。

我拿出手机，给荣哥看了我可爱的三个外孙的照片。荣哥一下子记住了三个外孙的名字，艾弗森、詹姆斯、安东尼。荣哥说，三个外孙的名字都是大牌。我说以前他们不是这样叫的，以前他们叫热纳罗、里舍勒、鲍威尔。荣哥说，鲍威尔也大牌。

全场有一个人始终没发言，我们都没注意，但荣哥注意到了。

荣哥说，阿甫你有心事啵。

阿甫说，我也在忆苦思甜。你们嘴上忆苦思甜，我在心里忆苦思甜。

荣哥伸出拇指和食指，做着扣动扳机的动作：我晓得你在回忆这个。

两人会心一笑。

回到宿舍上床不久，阿强打来电话问我，你在你自己的微信群里发过照片没有？我有些莫名其妙，什么照片？没发过。阿强说，没发好。你看一下阿流的朋友圈，看了不要点赞，也不要评论，这个卵仔！

我打开阿流朋友圈，看到他一共发了三张图，三个煎得焦黄的玉米煎饼。微信的主题是：童年的幸福时光。

这不是我今夜煎的玉米饼吗，阿流什么时候偷拍了。我自己分析，应该是我煎玉米饼的时候，他偷偷地拍下了。

阿流打来电话，嘟嘟囔囔地诉说，阿强刚刚叨扛他。我说谁叫你发了那三张玉米煎饼。阿流说不就是普普通通的玉米煎饼吗，有什么值得大惊小怪的。我说对你来讲，是几个普普通通的玉米煎饼，对别人来讲是信息是情报。你晒这三张照片出去，无形中泄露了荣哥的行踪，你晓得吗？阿流说他已删除了。他依然懵懵懂懂，还是不明白。我说你这样发出去，搞得阿强很紧张，让他下不了台。阿流说下什么台，他本来就没台可下了。又嘟囔一句，活得太认真会很累的。我回道，不认真更累。我不得不告他，如果今夜有重大行动，你这是跑风漏风，泄露机密。

平时阿流喜欢在朋友圈发布一些我们聚餐的照片，主要是晒各种佳肴，尤其喜欢晒红烧地羊扣。只要每次吃地羊肉，他都要将那盘令人垂涎欲滴的红烧地羊扣晒出去。每次晒出，总会收到一个叫"鬼子"的微友善意的批评：你们也太过分了吧。我几次提醒阿流不要晒了，人家"鬼子"老师都批评了。阿流却说，他要的就是"鬼子"老师这句话。他没想到，今夜他晒出这三张玉米煎饼图片，竟然引起了一连串强烈反应。

电话又响起，是阿明打来，看来今夜别想睡觉了。

阿明先试探一番：宵夜你们在哪里搞？

我说，在哪里搞还要请示你吗？

阿明说，没喊我，当然要问一下嘛。

我说，不可能每一场宴席都喊你嘛。

阿明说，是不是有什么重要人物来，我不便参加？

我一听到就醒水（方言，明白）了：没什么重要人物，就我们几个兄弟。

阿明说，你们几个平时米饭都不吃，怎么吃玉米煎饼了？你不是说，你所有的一切奋斗，就是为了让子孙后代不再吃玉米煎饼吗？

我有些不耐烦：怪卵啦，煎个玉米饼都雷到你了。要是吃了龙肉，还不把你震死！话是这样说，心里还是暗自一惊。果然应了那句话，不怕领导有原则，就怕领导没爱好。

挂了阿明电话，阿弟就打进来。两人应该是在一起的，甚至商量好了话题。阿弟直截了当，开口就问，今夜荣哥来崇山？

我当即挡了回去：我哪晓得啊！

阿弟说，你本来是个老实人，怎么和他们一样越来越滑头了。

躺在床上，翻来覆去睡不着，迷迷糊糊中电话再次响起。我拿起手机，准备摁下静音，一看来电显示是阿叔。

阿叔说，我在你宿舍楼下。

我明知故问：有什么事嘛？

阿叔说，到你宿舍聊好吗？

不知是阿叔的气场，还是什么原因，我无法拒绝他，直接下楼给他开了门。

阿叔两手拎满东西，比姑爷安南来的那一次拎得还多还沉重。进到客厅坐下来，阿叔从皮包里拿出一本绒面的红本本。封面上有两个字：聘书。烫金的。阿叔说，我那个酒店就要开业了，屈尊你过来做个主厨，我一个月给你三万。

我说，你也不考查一下，就直接用人了。

阿叔说，明里暗里考查无数次了，你是一个值得信赖的人。

我明白阿叔来找我的真正目的。送他下楼时，我告诉他，荣哥来崇山了。不是一个人，他带了队伍来。

第十六章 烤奶

黄昏时分，我们出现在乌水河岸别墅区的一栋别墅前。这栋别墅我们曾经来过，就是去"找吃"双边肠的那一次。我记得那时阿贫去按了很久的门铃，门一直没有打开，然后他又持续敲门。阿强鼓励他，坚韧是成功的一大要素，只要在门上敲得够久够大声，终会把人唤醒。结果唤醒了一位妇人，告知我们这栋别墅没有姓莫的老总。阿流提示这栋别墅疑似变成阿叔的了，结果确认就是阿叔的，阿吉已抵押给了阿叔。现在别墅物归原主，重新回到了原主人阿吉的手中。

可能是门铃还没修好，阿吉亲自站在门前迎候我们，以防我们敲门不开就大声喊叫，惊扰邻居。

进入大门后，阿吉直接带领我们来到后院花园。天！这个花园也太夸张了，主要是大，至少有三百平米。地上种着柔软的草皮，四周是半人高的铁栅栏。几名扎着围裙的服务生进进出出，忙前忙后。

烤炉里的火炭在熊熊燃烧，有人往炉子上架烧烤网。附近支起的一张大木板上，摆放着切好的牛肉块、羊肉块、鸡肉块、鱼肉块，还有牛排、羊排、鸡爪、鸭掌……旁边是盐、调和油、烧烤酱、辣椒粉、孜然粉、五香粉、番茄酱、大蒜、姜葱等佐料。除了肉类，还有白菜、韭菜、青椒、蘑菇、茄子等蔬菜。我以为蔬菜从来都是煮的、炒的，没想到还可以烤。

阿兴说，你这是少见多怪，孤陋寡闻，这有什么呢！奶也是可以烤的。

不断有人进到花园来，认识或不认识的都跟我们招手示意。绝大多数我们都不认识，但不排除有人认识我们，尤其是阿甫、阿强、阿蒙这三位崇山曾经的人物，肯定有人认识他们。

来之前我们并不知道阿吉今晚导演的"节目"是什么，他只是说很久没聚了，想念我们了，请我们来喝两杯。

路上，阿贫在电话里跟阿吉说，起码你得宏观地告诉大家大概意思吧，自古不吃无名之宴。

阿吉说，人生何必太复杂，想念谁、想见谁、喜欢谁、饿了、没钱了、失恋了，不用打电话，不要问那么多，直接喝酒去。仅从电话里的声音，我们能感觉到今晚的阿吉与之前的他判若两人，起码底气足了，声音洪亮了。之前听过他几次说话，虽然声音也洪亮，但那是歇斯底里，气急败坏。

我们一行几个来赴宴，心怀不同的目的。我和阿兴好奇阿吉的别墅，失而复得，想来探个究竟。阿甫却想见阿吉一面，也跟他道一声谢谢。牙健柏的后事，阿吉虽没出现在现场，但他组织四个工仔去坟山砌坟墓。牙健柏在阴间的那个家，是阿吉他们建起来的。人情不一定都是封包里的钱，一颗同情的心、一声温暖的安慰、一滴劳作的汗水，都是沉甸甸的情义。都令人感动，都值得道谢，都需要偿还。"其实人世间的感动皆源自最正常不过的本分之事，可有些本分和正常的事，总是在扭曲的现实当中成为永世不忘的恩情。不是恩情不该念念不忘，而是那些原本应该本分和正常的事越来越少了。"这段时间以来，阿甫在各种场合不断重复地在引用这段网络星语，更年期似的絮絮叨叨。阿贫问他，你到底理解其中的含义没有？他却反过来问阿贫，崇山街头的人，你都认得完吗？

众人自由组合，围着烤炉而坐。我们当年这支鬼子小分队的扮演者，自然坐在一起。当然，去哪里聚餐也是这样，除非被人分割包围，各个击破，像那次在阿超的"柴火大队"吃羊活血一样。

每个人的面前摆一块小木板，用来搁餐具。每一个烤炉由两名服务生照应，负责根据客人的需求烤制各种佳肴。

夜幕降临后，烤炉里的炭火愈旺愈暖和。一阵阵烤肉的香味扑鼻而来，随风飘散。从烹饪简史来看，烧烤原本属于原始社会简陋的操作。这种简陋的操作演化到今天，已变得错综复杂，比已经固定了的中规中矩的传统炒煮焖煎，还要复杂得多，离奇得多。也正是因为复杂而离奇，让食材变得越发奇香无比，以至不断有人打着喷嚏。当然，那是因为辣椒粉、孜然粉呛了鼻孔的缘故。面对这样的味道，味觉再迟钝的人也会"得跃"地跳起来。事实上原始社会的人根本不在乎味道和口感，他们只是为了填饱肚子，而今填饱肚子已变成了其次。

酒是红酒，澳大利亚产的奔富707。阿贫让我们猜猜：一瓶奔富707多少钱？

阿流说，一百多吧。

阿贫伸出一巴掌：五百，不是人民币，是澳元。

阿流拿出手机，正要百度。

阿贫说，别浪费流量了，总之比内参还贵。

阿甫说，晓得了，不过据我所知，红酒不是这样喝的。这种场合具体到吃烧烤的场合，喝的酒不应该是红酒。一般都是中国胃配中国菜，中国菜配中国酒。

阿贫说，难道要喝内参！

阿甫说，不一定要喝内参、喝老茅，别的高度白酒也可以，啤酒最好。

阿强说，我们都晓得阿甫有情怀。

阿贫说，他的情怀无非是童年的味蕾。

正说着，栅栏中间吊起一面白布。仔细一看，原来是一块电影幕布。

阿吉要干什么，难道他要让我们看电影，看《崇山风云》。难道他看电影还看不够，看《崇山风云》还不够，难道他好了伤疤忘了疼！也许真的就像网上那句话说的：真正不羁的灵魂，不会真的去计较什么。因为他们的内心深处，有国王般的骄傲。

叭、叭、叭……周围突然响起枪声，好一会儿大伙才反应过来，目光都投到了银幕上，阿吉果然放电影了。银幕上，茫茫群峰之间，由远及近推出电影的片名：《崇山风云》。

大伙一边烧烤，一边看电影。

据说这部电影只在崇山放了一次，后来就没再放过。原因是电影院的地皮被阿叔收购，用来起了商品房，崇山从此没了电影院。

随着一幕幕剧情的出现,七十五年前那段漫漶不清的历史记忆,在我们的眼前逐渐变得清晰起来。一座叫双乳峰的大山的归属问题,让两大家族反目成仇,继而大打出手,摩擦不断。

事实上,莫刘两大家族在历史上曾有过"拜认"关系。刘家的志纯公曾认莫家的任能公为"寄爹",逢年过节都要走访拜会。民间"寄爹"与"寄子"的关系,有时候比血缘关系还亲密。也正是这层关系,为两大家族结仇埋下了伏笔。后来,"寄子"成为白眼狼,"拜认"变成了引狼入室。刘家始终认为,莫家任能公接受刘家志纯公为"寄子"时,把双乳峰作为礼物赠给了刘家,而莫家予以否认。开始两家只是打打嘴仗,刘家向莫家提出山权要求。莫家强硬回应,一口回绝。刘家几个鲁莽的后生仔,在一个月黑风高之夜登上双乳峰,撬开莫家的一座祖坟,将遗骨扔下乌水河。掘人祖坟,这还得了,且是莫家的始祖坟。愤怒的莫家人一枪打死了其中的一个掘墓人,两家即由打嘴仗演变成真刀真枪地干仗。

双乳峰,当属崇山名胜之首,距离城区四公里,海拔一千九百八十米。山腰有一块平台地,安葬着莫家列祖列宗十余座坟墓。平台地前是一道深谷,崇崖壁立,如同斧削,县志里叫百丈岩。两条清澈见底的小涧,从平台地左右两边环绕而过,直泻而下,水石相击,势如雪崩,形成崇山有名的百丈岩瀑布。

通往双乳峰的关隘口上,一场酝酿已久的战斗即将打响。

莫家人马埋伏在石头、树木后面,他们手里是子弹上了膛的步枪和装填了火药的鸟铳。

刘家的人马兵分左中右三路，从包谷地、黄豆地、秋菜地包抄过来。

莫家头人阿才，头上缠着一条红布，手里提一支驳壳枪，猫着腰在埋伏的人马两头来回走动，提醒大伙，对方枪响了才能射击。

刘家的队伍越来越近，走在前面的头人阿德，连额头上的那块胎印都看得清清楚楚了。他手里提着一把大砍刀，像高举旗帜一样高高地擎起。

突然，一个爆炸声在刘家人马中炸响，接着是第二声、第三声……有人倒下，有人号叫，接着他们的枪响了。

刘家人的枪一响，莫家人立即还以颜色，双方展开了激烈的对射。

爆炸声继续在刘家人马中炸响，和前面一样，是炮弹爆炸的声音。可莫刘双方都没有炮，炮弹显然来自第三股势力或第三方人马。

阿才爬到一棵树上观察，几十个穿黄色军服的人出现在村口。他从树上跳下来，命令他的人马停止射击。朝冲到跟前的刘家人马大声喊道，鬼子进村了！

刘家人马听到喊声，也停止了射击。头人阿德转身一看，鬼子已出现在他们身后不远处。

嘭！炮弹又在刘家人马中爆炸，弹着点距离莫家阵地越来越近。

弟兄们！先把东洋仔灭了！

阿德挥舞手里的大砍刀，他的人马立即向村口方向扑去。

阿才率领他的人马跟在刘家人身后，也杀入了共同的敌阵中去。

枪炮声、喊杀声持续了一个下午，直到黄昏时分才渐渐地平息下来。包谷地里、黄豆地里、秋菜地里东横西倒着敌我双方的尸体。

阿德支着大砍刀，摇摇晃晃地从尸堆里站起来，他的大砍刀矮了一大截。他以刀为杖，一步一步地向阿才挪动。

阿才满脸是血，他一手撑起半个身子。面对阿德的大砍刀，一点一点地向后挪动。身着日军黄军装的阿流，首先从人堆里站了起来，然后我们几个跟着站起来。阿流挥着武士刀，指挥我们从背后袭击阿德。

观众中有人惊叫起来。

叭、叭、叭……

阿才手里的驳壳枪响了，我们这六个鬼子，纷纷倒在阿德的身后。

剧终。

花园四周的灯恢复光亮，电影幕布下面，出现了一红衣女子，优雅地朝我们这个方向款款而来，天使般的脸庞上挂着美丽的笑。

苗月！

是苗月！

上个世纪四十年代刘氏家族那个大家闺秀苗月，从银幕上下来了。她穿着红色双排扣长款呢大衣，头戴一顶黑色鸭舌帽，正在向我们这边走来。当她来到我们跟前时，阿吉也已站在她身旁，他们像两条不同的河流朝一个方向汇合。阿吉递给她一只高脚杯，杯里盛满了红酒。两人共同给我们敬酒，感谢我们光临烧烤晚宴。祝福我们身体健康，家庭幸福，万事如意！

敬了我们这支小分队，两人手挽手走向别的宾客，看上去俨然一对新婚夫妇或再婚夫妇。

阿流说，这么说别墅归还了，美人也归还了，一切都归还了。

阿兴说，这叫做念念不忘，必有回响。

阿蒙说，我要专门问一下阿吉，这到底是怎么回事儿？

阿强说，不要问了，怎么回事儿已不重要了，重要的是一切都回来了。

阿甫说，这世上有许多问题没有答案，只能是理解。

后半场，阿贫、阿甫、阿强、阿蒙另有安排，阿吉派人请他们进到别墅去会谈。阿流、阿兴和我留在原地继续烧烤、喝酒。

阿流吩咐服务生换上小酒杯，把一瓶獭祭（日本清酒）开了。

服务生用日语说道，はい（好的）。

阿兴饶有兴趣问他，你晓得他是哪个吗？

服务生回答，晓得，他就是那个鬼子小队长嘛。

回到家里，手机叮咚一声，跳出阿吉一条微信：请放过阿叔吧！

我心里咯噔一下，有些措手不及，难道这就是今晚烧烤的主题和"别墅会谈"的结果？但不管怎么样，这条微信一定是发错了。因为"这么重大的原则问题"不可能征求到我这一级的，还有阿流和阿兴，我们仨留在原地继续烧烤喝酒就是明证。我当即给阿吉回信：微信发错对象了。果然阿吉很快回复：发错了。不过他又补充道，也没完全错，因为你们是一伙的。

我心里再次咯噔一下，急忙百度"一伙"。手机屏幕马上显示：一伙，详细释义，指若干人结合的集体。造句：一伙罪犯冒充警察，被群众识破，最后受到法律制裁。我问阿流收到阿吉的微信没有，阿流没给明确答案，而是回复一句：当年阿明跟我要回那辆二手车的时候，和阿吉一个熊样。

第十七章　北海猪蹄

北海猪蹄，是崇山的一道名菜。崇山的第一锅北海猪蹄，是一个叫阿新的餐馆老板在1992年的春天推出来的。为何不叫崇山猪蹄而叫北海猪蹄，这是因为阿新研发的地点在北海，如同他的第一家餐馆在北海而不在崇山。北海猪蹄曾让他的餐馆火爆一时，当然现在仍然是他在北海和崇山两家餐馆的招牌菜。

菜肴和服装一样，一旦有新品种或新款式出来，立即被大众模仿或复制。开始崇山餐馆只有阿新一家有北海猪蹄，现在家家餐馆都有了。食材同样选取崇山本地塌脊黑山猪的前蹄，配料也是通用的桂皮、香叶和八角，可制作出来的猪蹄的品相，尤其是味道还是跟阿新的北海猪蹄有天壤之别。

我在县府招待所的时候，曾为宾客们仿制过北海猪蹄。宾客们品尝之后建议还是从阿新餐馆外卖算了，理由不言而喻。我除了汗颜，也只能哀叹技不如人。后来我分析，差别在于制作过程中的一些细节，以及在文火水煮过程中投入锅里的那一袋配料。

我和阿兴曾经专门从头到尾观察阿新制作北海猪蹄的全过

程。

　　猪蹄首先要烧毛烧皮洗净，放入锅中煮半个钟头。然后捞起滴干水，涂上醋和盐后油炸。有些餐馆为了省事图方便，猪蹄直接生炸。直接生炸也可以，但那是脆皮猪蹄、椒盐猪蹄的做法。北海猪蹄不能省事图方便。油一般用的是崇山本地产的山茶油，几乎不用调和油和猪油。实在没有山茶油，可用花生油。这不是挑剔或讲究，是涉及油温和油的品质问题。任何一种植物油、动物油的油温和品质都有区别。油炸的环节也很关键，炸不透或者炸过头都会导致制作失败。猪蹄炸好后切块水煮，用文火慢慢地煮。心急吃不了热豆腐，同样吃不了北海猪蹄。猪蹄开始水煮的时候，阿新拿出一只白色的拳头大小的小布包，在我们企图弄清内容的时候抛入锅中，动作很快。这只小布包是阿新烹饪北海猪蹄的秘方，任凭我们怎么追问，他始终缄闭口。

　　阿新制作的北海猪蹄，黄澄澄的。能做到这个品相的人，很少。我和阿兴反复试验过多次，均未达到。颜色不是浅了就是暗了，还是色彩问题。阿新的北海猪蹄，不适合用"肥而不腻"这些形容词来形容。因为它一点都不肥，也不腻，更不是"皮酥肉烂"这些老生常谈的词语可以描述的。具体是什么样的味道，还是那句话，诸位只有吃了才能感受得到。

　　这次指名要吃北海猪蹄的是琨老，而且指定吃阿新的北海猪蹄。

　　琨老吃北海猪蹄有一个故事或笑话。

　　那次他应邀来崇山参加一个美食节。主持人通过APP介绍一系列崇山风味美食，当介绍到北海猪蹄时，琨老对坐在旁边的阿弟说，昨晚宴席好像没上北海猪蹄。当时琨老前面的麦克风已经打开，他的话立即传遍会场。阿弟听后急忙表态：中午安排，中午安排。阿弟的麦克风也已打开，他的表态也传遍了会场。

这次琨老他们来崇山，中午也没安排北海猪蹄，要到晚餐才安排。

阿超接我和阿兴到"柴火大队"时，阿新已在那里开始砍猪蹄。我和阿兴的加盟显然多余。北海猪蹄这道主菜，由阿新亲自动手，其他次菜有阿超的厨师专门负责，就是配菜也轮不到我们来做。所以，当中巴车来接琨老他们出去参观考察时，我和阿兴就也想体验一下参观考察的滋味。

医院一名保健医生，拎着一只药箱来到车门前。阿兴顺手接过药箱说，你不用去了，我这个老院长亲自出马，回头你再来拿箱子。就拉着我上了中巴车。

这次琨老、梁老、庭老、雕老、国老被阿弟接到崇山来，主要是参观考察安居工程项目"老庚家园"，就是我参与筹办千叟宴的那个易地扶贫搬迁的安置点，这是他们参观考察的第一站。

阿弟指挥中巴车顺利进入小区时，阿叔已在大门外等候。阿贫、阿甫、阿强、阿蒙、阿林、阿云、阿流列队在他身后。我原以为阿甫不会来，因为他对应的台老进去了，缺席了这次参观考察，但阿甫还是来了。后来阿流透露，是琨老让他一定要来陪同。琨老强调，陪同原班人马不能变。

和所有的参观考察流程一样，我们首先集中在一块广告牌前，听取崇山易地扶贫搬迁安置情况介绍，负责介绍的是阿叔。

阿叔介绍说，搬迁到安置点的农户，是崇山边远山区的少数民族同胞。据相关史料记载，这些少数民族同胞的祖先，原本就居住在小区周边。明末清初，为躲避战乱才迁居深山老林。严格来说，现在安置点的农户不是搬迁，是回归。他们原先祖祖辈辈居住的地方，自然生存环境恶劣，交通条件落后，人多地少，贫困发生率在50%以上。搬迁出来后，他们像城市居民一样住进了公寓楼。户型为50平米、70平米、90平米三种，人均住房面积25平米，房价控制在1600元/平米以内。整个小区安置规模为1072户4599人。其中建档立卡贫困户1012户4370人，占95%；同步搬迁60户229人，占5%。小区内有文化活动中心，附近有卫生院、幼儿园、小学，基本解决移民上学难、就医难、饮水难等问题。小区附近正在建设电子厂、编织厂、农贸市场、产业中心等项目。企业投产和营业后可就近解决贫困人口就业岗位1000多个，确保每户有一人以上就业或创业。达到户户有业可就、有事可做、有稳定收入，真正实现搬得出、稳得住、能发展、可致富的目标。

琨老代表参观团全体成员上去跟阿叔握手，他盯着阿叔问：你就是……

阿叔说，您叫我阿七好了。

琨老说，你很厉害啵。

阿叔说，和老领导老同志比，我一点都不厉害。

琨老说，你记忆力很好嘛。

阿叔说，我这是数鱼头，池塘里有几条鱼我很清楚。

按照固定的流程，接下来是入户参观。阿叔带领我们走向广告牌前面的三号楼，说是就近参观以节省时间，别处还有其他项目要考察。

琨老说，不忙，我们先走走，先看看。

梁老、庭老、雕老、国老跟着他，我们当然也要跟上。阿叔跑到前面去，像是引导，又像是阻止我们一直走下去。

琨老昂着头引领我们前进，直到八号楼前才停住。他对阿叔说，我们参观这栋楼吧。

电梯门的墙上贴有一张告示，上面写道：

> 为迎接检查组验收检查，凡已脱贫和预脱贫户务必于本月底"四合一"核验组到来之前全部入住。入住时间期限为12月31日24时。入住要留痕，即房间要有床铺、被子、桌椅、米油盐、锅碗瓢盆等。水电表要显示使用度数。外出务工的，门口要贴有务工地点、务工时间和联系电话。贫困户不入住的，由亲戚或帮扶干部入住。如因工作疏忽导致检查验收出现问题的，将追究相关责任人责任。

琨老看完告示，对阿弟说，你肯定不希望我们看到这张告示。

阿弟显得猝不及防：这是特殊时期的特殊办法。

梁老说，你这个特殊办法，也特殊得太离谱了。哪能贫困户不入住，就由亲戚或帮扶干部入住，他们都不是安置对象呀。

阿弟解释道，临时，临时而已。

阿贫还在琢磨那告示，雕老问他，有什么灵感了？

阿贫说，"留痕"这个词有出处。

琨老说，老夫洗耳恭听。

阿贫说，当年那个阿汉，就是那个《义勇军进行曲》词作者田汉，给亡妻易漱瑜写过这样一首诗……刚要背出，国老已念出来：生平一点心头热，死后犹存体上温；应是泪珠还我尽，可怜枯眼尚留痕。

琨老点赞道，国老厉害。

人多电梯小，我们分三批次上楼。待进了电梯出电梯，我们这三伙人就走散了，不知道彼此所在的楼层。

琨老、雕老、阿甫、阿弟、阿叔和我是第一批次，我们来到19层。本来阿弟按了8层，琨老又按了19层。8层停住人没出轿厢，直接按关闭上到19层。这个单元每层楼有六户，位置不一样，户型也不一样。

阿弟上去敲门，连续敲了五户的房门，都没有反应。

楼层里一片昏暗。阿叔响亮地咳嗽了一声，感应灯这才亮起。等到我们恢复平静的呼吸，整个楼层又昏暗下来。

琨老说，这些搬迁户，好像都还没入住。

阿叔说，期限还没到，期限一到就会全部入住了。

雕老说，是不是像放羊一样，天黑下来的时候，羊群就会自觉下山……琨老呵呵一笑，寂静的楼层里一下子有了人气。

阿弟敲到第六户，终于有人开了门。

一位穿四个兜中山装的老者，热情地将我们迎进家里。家里干净整洁，痕迹也很明显，有沙发、茶几、餐桌，有电视机、电冰箱。客厅都有这些东西了，那么厨房自然有锅碗瓢盆，卧室自然有床铺被子，水电表自然有使用度数。

老者一家，属于已脱贫户，大儿子和儿媳妇在广东打工，老伴去帮他们带孩子。两个女儿在上大学，一个大一、一个大四，均享受扶持政策。

琨老拉老者的手，扯起家常：搬出来好吧？

老者快言快语：好，确实好，离县城近，离医院近。但也有些缺憾，比如老家送来一只鸡，一只鸭，不晓得安置到哪里去。

阿弟指着冰箱：那不是吗？他站起来去打开冰箱，里面空荡荡的，只有一把青菜。

老者说，也不是什么东西，都可以装到冰箱里去的。比如留守故乡的列祖列宗，还有那茂密的山林、淙淙的小溪和浓浓的乡愁……看来这四个兜的中山装，也不是什么人都可以穿的，兜里一般都装有一点墨水。

阿贫显然对老者，或者对老者充满诗意的话题产生了兴趣。他挪过板凳，也坐到了老者的另一边，看样子要从他嘴里掏些素材。

阿弟对阿贫的举动充满警惕，他过去提醒琨老：时间不早了，还有两站要参观。我们只好跟老者告别，祝福他的新生活芝麻开花节节高，日子越过越红火。

从"老庚家园"出来，所有人马重新会合，车队朝城外绝尘而去。

路过桃花岛码头，我们看见度假山庄十几栋独楼独院的别墅已建起来。改坐到中巴车上的阿叔，亲自充当解说员。他虽然坐到车上来了，但并没有坐下，而是站在过道那里，两只手臂撑在两边座椅之间，滔滔不绝地给琨老他们介绍山庄的投资情况和发展前景。阿叔说明年的这个时候，山庄就正式投入使用了，以后啊，琨老、梁老、雕老、国老每年都到山庄来住上一段时间，赏花、钓鱼、郊游、野炊……说着嘴里冒出一句网络流行语：其实我们对未来真正的慷慨，就是把一切献给现在。

估计大伙都不乐意慷慨，所以都不做声。阿叔就说，各位老领导对我的工作有什么意见和建议，尽管提出来，我一定虚心接受，努力改正。

琨老说，你那个度假山庄，一般人哪里慷慨得起，我们也慷慨不起，还是多搞"老庚家园"这样惠及老百姓的大众项目、民心项目、接地气的项目。

阿叔说，接地气的项目有，接到地下的项目也有。

车队沿着乌水河岸二级公路开了一段，绕过一个大弯之后，就往山上开去。但不管怎么走，始终摆脱不了乌水河，乌水河幽灵一般悠悠地跟在我们身旁。

车队在半山腰的一块平台地停住，众人从车上下来。你望我，我望你，脸上都挂着疑惑：阿叔把我们带到这个地方来，要看什么呢，看风景吗？

初冬时节的崇山，漫山遍野依然枝繁叶茂，郁郁葱葱。一些不知名的野花反季节似的盛开着，姹紫嫣红，静谧而妖艳。

转过身来，乌水河横亘眼前，波澜不惊，上下天光，一碧万顷。这"一碧万顷"可不是照抄照搬《岳阳楼记》，它确实如此。下游水电站大坝拦回来的水，形成壮观的局面，即伟人所说的高峡出平湖。

放眼远方，群峰连绵，层层叠叠。我们一行人情不自禁挤到一起，欣赏眼前的景色。景色无处不在，只是我们没有意识到已身处其中。

静默中，国老像介绍某处名胜古迹，娓娓道来：

此地来龙去脉，风生水起，左右周密，到头接穴。四神八将高昂奇秀，左水倒右形如玉带。案山如峨眉，可谓真龙结穴，大贵之地，为状元拜相之格局也……

文字虽生涩难懂，我还是听出眉目，也就知道阿叔把我们带到了什么地方，他把我们带到了他所说的"接到地下"的项目。

琨老说，你胆子够大了，竟敢带我们到这种地方来。

嘴上是这样说，表情却没有什么变化，这一点刚好被阿叔看在眼里。

阿叔说，我昨夜也是纠结了一宿，带还是不带，一直拿不定主意。直到天亮我才下了决心，带，因为这个也是安居工程项目。既然是安居工程项目，各位老领导就应该来考察指导，对不对？

雕老当即给予了肯定：对，这个项目当然要看。

雕老说，每个人终将年华消逝，只不过是时间问题，早晚的事。生命无贵贱，我们都是凡人，凡人都要面临这一天。

阿弟往下的解说，实际上是说明。他说这个地方叫凤凰岭，去年政府征收下来，由阿叔负责投资开发，项目名称叫"凤凰岭憩园"。阿弟说这园名嘛，可是大作家阿贫起的。民政部门批复为凤凰岭公墓，后来县里还是采用了阿贫拟的园名，把公墓改为憩园。阿弟悄悄地补充道，憩园专门请了香港风水师来架过罗盘，确实是国老说的那样，是个风水宝地。

梁老说，风水中所谓的左青龙，右白虎，无非是后有高山，前有流水。

雕老说，有福之人，所处之地自然是福地。无福之人，即使身处风水宝地也会因之败坏殆尽。

琨老说，其实风水就在每个人的身上，一生相伴。所以，无论我们身居什么位置，都不要瞧不起别人，因为风水轮流转。

冬阳落山的时候，我们从"凤凰岭憩园"下来。乘车安排稍有调整，梁老、庭老、雕老和国老上了阿弟的公务商务车，琨老被单独请到阿叔的悍马H2上，我们几个仍然坐着中巴车。

回到"柴火大队"，服务员刚好将菜端上了桌，时间节点都掐好了。主菜当然是北海猪蹄，副菜有烤鹅、木桶鸡等。几个特殊的菜品，如梁老的鸭屁股、庭老的猪眼睛、雕老的贝类，还有国老的红烧地羊，自然也都安排妥当。

琨老对北海猪蹄赞不绝口，他让阿叔将阿新从厨房里请出来，连续敬了阿新三杯酒，并留他在身边坐着。琨老对阿新说，你不用担心我朝你要秘方，你就是给我，我也不要。人大概要到最后才晓得，重要的不是要什么，而是不要什么。我还没到最后，却早已晓得了，你放心……埋头看手机的阿贫忽地拍着大腿：这句格言牛！

琨老问，什么格言？

阿贫念了出来：什么东西都不是谁的，拥有者只不过是暂时保管的人。

琨老说，和刚才我讲的很应景嘛。

琨老对参观考察活动进行小结，他说今天看了两处安居项目,"老庚家园"和"凤凰岭憩园",既是政府工程,又是民心工程,不错,很好!琨老一改往昔的态度,将阿叔表扬了一番。他说老七。他不叫阿七而是叫老七。老七,我看你这个人有善心,有古道热肠。养老院你免除困难老人的住宿费、医疗费。"老庚家园"、服装厂用地,你低价移交给政府,不计代价,不讲报酬,很难得。尤其是其他老板忌讳的不敢搞的凤凰岭安居工程,你搞下来了,这可是真正的安居工程,积阴功的工程,得民心的工程。有一句话讲,人在做,天在看。我在这里要讲的是,你在做,我们在看。

新一轮敬酒高潮出现的时候,琨老单独将阿甫叫到餐厅外面去。餐厅的隔墙是一面玻璃,两个人影面对面贴在玻璃上,很像无声的皮影。至于琨老跟阿甫具体谈了什么话题,过后阿甫始终缄口不言。

从"柴火大队"出来,我们和往昔一样集中阿流家一楼茶店,继续喝茶。矿老板又外出不在店里,阿流只好亲自掌茶。

阿贫说,今天什么日子,你们晓得吗?

阿强说,我虽然不上班了,但我仍然记得是周五。

阿贫说,今天是"凤凰岭憩园"内部开盘的日子。

开盘?阿兴瞪大眼睛:墓地也开盘?

阿贫说,怎么不可以开盘!一样可以开盘。楼市开盘,股市开盘,墓地也可以开盘。"凤凰岭憩园"墓地,同样取得了销售许可证。他从包里拿出烫金的小册子,逐一分发给我们。

我接过一看,小册子上写着:"凤凰岭憩园"墓地所有权证。翻开内页,逐项标注墓地所有权人、共有情况、墓地坐落、登记时间、墓地性质、规划用途、墓地状况、使用期限、墓地平面图（粘贴上去）以及注意事项等内容。

阿蒙盯着小册子说，这哪是墓地证呢，分明是房产证嘛。

阿甫说，它本来就是房子嘛，只不过它叫阴宅，目前我们暂住的叫阳宅。

阿林动作较慢，别人都翻完了小册子，他还在琢磨小册子的封面。他说既然"公墓"都改为"憩园"了，那就干脆把"凤凰岭憩园"墓地所有权证，改为"凤凰岭憩园"福地所有权证吧。就改一个词，"墓地"改为"福地"。

阿云说，你这人也真是的，都四脚朝天了，硬要坚持自己是在睡大觉。

阿蒙问阿贫，刚才那句格言怎么讲？

阿贫复述道，什么东西都不是谁的，拥有者只不过是暂时保管的人。

阿蒙指着小册子说，把这句格言放到凤凰岭憩园来，就不符合国情不符合园情了。你们看看使用期限，它可是永久性的。我家那本房产证，期限只有五十年。

阿云说，那你也不能保证你没有掘墓人啊！

阿强说，这回可不是简单的上贼船了，而是进到狐踪兔穴里了，狐踪兔穴就是墓地啊。阿强将它翻译之后，大伙的心情就有些下沉。

阿贫安慰大伙：阿叔也给琨老、梁老、庭老、雕老、国老，还有监狱里的台老，每人都免费送了一块墓地。琨老他们是三十平米，我们是二十平米。在规划图上，琨老他们在一区，我们在二区，算是房前屋后，隔壁邻舍。

一直忙着泡茶的阿流,听到建筑面积,立即有了职业反应。他说二十平米的阴宅,相当于阳间的一栋别墅。

阿流的这个定论,顿即激活我体内一根麻木了的神经,像电击让我的心脏重启或者复苏,让我想起了远在广州的达东。早期我曾经跟达东,后来跟牙艾弗森牙詹姆斯牙安东尼说过,这辈子我没有能力让你住上别墅,只能等到下辈子了。现在看来,"等到下辈子"这句话,也不全是无奈的表白,而是完全有可能有希望实现的愿景,比如我现在手里的这本小册子,上面就写有我的名字阿杰,"共有情况"一栏注明"两人以内"。我一下子心里乐开了花,当即拍下小册子照片发给达东。达东很快回复:你神经(病)嘛!后面又追加一句:你是老了还是糊涂了?无聊!

第十八章　簸箕菜

时值崇山凛冽的隆冬，天气冷得连母猪都咳嗽了。崇山人形容天气寒冷不是诸如"风刀霜剑""折胶堕指"之类那么复杂，而是"母猪咳嗽了"，很形象也很贴切。确实母猪是不轻易咳嗽的，母猪一旦咳嗽，那就说明高寒山区的天气非常地冷了。果然天气预报说，崇山遭遇了五十年一遇的寒冷天气。

此时距离阿江去世差不多半年了，长满坟头的草儿依然泛着青色，如同他留在我们记忆中的模样清晰而鲜活。阿江去世后，我们都还保留他的电话号码。他的微信也没有移出"阿流家宴群"，有时发朋友圈，还能收到他的点赞。我们不曾产生错觉或惊恐不安，反而认为他的评论，比以往更深沉更扎实。这当然是他的遗孀达妙拿着他的遗物在操作，或者说他通过达妙这个发言人的渠道，证明他仍然活在我们中间。

在迎来阿江六十五岁冥诞的时候，我们几个又聚集在一起。原来一直以为阿江比我们小五六岁这样，没想到比我们年长。今年我们刚给他过了一次生日，就是在野马河夜宵摊的那晚，也是阿叔梦幻般又出现在我们面前并给我们发请柬的那晚。看来阿江也没搞清楚他的生日，到底是在哪一天。这说明一个人真实的年龄不是出生的时候,而是死了的那一天。要是不翻出父母遗留的那张写有生辰八字的"命书"来,达妙都不敢相信他竟然比她大这么多,而且比她父亲还大两岁,都可以当她的大伯了。当然,现在再追究这个数字,已毫无意义。岁月或时间早已跟阿江握手言和,达成共识。年龄已成为一堆无用的数字,相当于银行的一笔呆账、坏账。

阿江的"庆生"仪式,在"凤凰岭憩园"二区举行。中午十一点的时候,阿贫、阿甫、阿强、阿蒙、阿林、阿云、阿流、阿兴和我,我在多个宴席上重复提到的名字或兄弟,依约来到现场。在这之前的一个月,阿江的墓地已迁葬于此,成为"凤凰岭憩园"第一个入住的客户。阿江真是幸福,生前他住别墅,死后仍然住别墅。据了解,阿江易地搬迁至此,是经过阿叔提议,阿贫多次劝说,达妙反复权衡深思熟虑之后做出的决策。

按照崇山风俗,迁葬先人之前先去问仙婆,通过仙婆征求先人的意见。这是一个重要的环节。达妙犹豫不决,到底问还是不问。她不是很相信仙婆,也不想麻烦自己。她不想那么累。阿叔给他讲了一个故事,阿贫家里的故事。当年阿贫的父亲去世后,他在崇山县城城郊找了一块墓地,想就近安置父亲。结果他去问仙婆,通过仙婆征询父亲的意见。只问了一句,父亲就说,把我送回乡下去,我要和列祖列宗在一起。后来阿贫只得把父亲送到乡下——乌水河畔那个小镇。听了阿叔关于阿贫父亲的故事,达妙就动心了。

经由阿叔推荐,达妙来到仙婆家。仙婆头上盖一红布,遮蔽面目,神秘莫测,在距离达妙两米外的神龛下面坐着。达妙先与仙婆闲聊几句，通报自己的名字、住址。话题遂转入正题，她向仙婆说明了来意或目的。

红头盖下传出声音，仙婆的声音：阿江，阿江，你在哪个仙境仙游？你的夫人达妙有话跟你说。

神龛后面出现轻微的声音，像是一双布鞋落到了地上。达妙顿即紧张起来：死鬼，你可别吓坏我。

周围恢复寂静，达妙屏声静气。不久，神龛后面不远处传来阿江的声音，像生前那样柔声细语。达妙紧张得双手想抓住什么东西，可她坐着的是一只凳子，两边都没有扶手。

阿江说，凤凰岭那个地方我知道，是个风水宝地。我想知道的是，哪个要把我搬迁过去，是你还是我的老父亲？

达妙说，阿叔建议把你搬迁过去。

阿江说，阿叔是个好人。

达妙说，他不是要做掉你吗？

阿江说，那是我自己身体的问题，与他无关。

达妙说，他上个月把混凝土公司移交给我了。

阿江说，很好。

通话到最后，达妙觉得阿江的声音有些变调，变得像某个熟悉的人的声音。但她很快就告诫自己，别胡思乱想疑神疑鬼的。

悍马H2从坡底驶上平台地。驾驶楼的门一开，阿叔"得跃"地跳下车。拉开后排左边门，恭恭敬敬地请出一位头戴黑帽身着黑衣的道士。阿贫和阿明从另一辆车下来，我们以为后面会跟着达妙。直到车门关上，也没见到她的出现。达妙仍然保持生前对待阿江外出应酬的态度，不只是宏观调控，而是放任自流，让他走市场。这回也是，以至我们都有些怀疑"庆生"活动是不是达妙的本意。后来证实，我们的怀疑正确无误。建议达妙迁葬阿江的是阿叔，操办"庆生"活动的也是阿叔。阿贫和阿明只是助手，达妙连执行者都不是。现实生活就是如此诡异，诡异得令人瞠目结舌。

镶嵌在大理石墓碑上的阿江，咧着嘴笑着，像生前一样热情地欢迎我们不辞辛劳，光临别墅。同时对我们供奉的烤乳猪、腊猪头皮、老茅酒和"中华"香烟表示衷心的感谢，并致以崇高的敬意。黑帽黑衣道士端坐在墓碑前面，一手摇着铃铛，一手按着唱本，和颜悦色地跟阿江做了一番阴阳对话：

吃不是白吃，吃了要出力。保佑主家人，庇护神龛位。男女老幼十个九人，种田齐回，砍柴同归。上山不喊苦，下河莫嫌累。栏内牛羊，早牧晚归，夜里不找自己回。圈里的猪，冷潲也喝，淡食也喂；白天睡觉，夜里长肥，白天长脑袋夜里长腰围。鸡咕咕、鸭嘎嘎、鹅呃呃、狗汪汪，粮满屋里鱼满仓。男儿识文断字，女子能织会编。读书郎，都乖巧，考上北大进清华。造钱钱来，造财财旺。凶神野鬼，不得入内。魑魅魍魉，善去善回。阴保阳安，乐业安居。

说是对话，其实是道士在搞一言堂，更像是道士对阿江的一次约谈。不是单独约谈，是集体约谈。不只是约谈阿江，约谈对象还包括伫立在道士身后的我们几个。谈话时间不长，内涵丰富。立意深远站位高，针对性强，指向明确。接受谈话的人会自然而然对号入座，对症下药。从我个人来讲，听了以后深受启发，备感亲切，不禁想起一句网络流行语：生命中最艰难的阶段，不是没人懂你，是你不懂自己。

按照"庆生"议程内容，我们每个人都要对阿江说一句话。内容不限，借题发挥，不按顺序，谁想好了就说，三言两语即可。我和阿流文化水平低，但凡参加此类活动，最怵的就是个人表态这个环节。尤其我本人木讷，不善言辞。以往偶尔跟达东吵嘴，她总是问我，你怎么不还口？我说我主要是默诵，其实是笨口拙舌。没想到比我还要笨口拙舌的阿流竟然抢先发言，他用抢红包的速度，跟阿江讲抢红包的话题。他说阿江你放心，群里每次发红包，达妙都帮你抢，一次不落，几乎每次都是手气最佳。以后群里定期发红包的传统，还会延续下去。如果群员都不发，群主我就发。阿兴发言之前从裤袋里摸出一只药瓶，搁到坟顶上，他说阿江，我给你带来了解酒药，以后哪个野仔再挑衅你，你就把他放倒。这话有点火药味，和坟前才燃放的鞭炮一样，有些呛鼻呛肺呛心。阿明刚要制止，阿兴的话已放了句号。阿林朝着墓碑深深地鞠了一躬：兄弟，我慎重收回上次我讲的"搬起石头砸自己的脚"这句话，并向你表示歉意。现在你公司收回了，你想怎么开就怎么开。想怎么砸就怎么砸，让搬不起石头的人去说吧。阿云去哪儿都和阿林挨在一起，遇见阿继也是老鼠遇见猫似的同时撤退，前后不差半步。阿林既已发言，就该他了。阿云快速滑动手机屏幕，终于找到他的收藏夹。他说阿江兄弟，在你六十五岁生日的时候，我诚挚地祝福你龙体康祥，福禄双全。借此机会，我送你一句网络流行语，与你共勉：不否定过去，也不辜负当下，知足成了动荡生活里最优质的小确幸。

作为一个厨子，我深知自身人微言轻，说话没分量。以往都是最后一个才开口，如果能因时间关系免掉最好了。转念一想，最后一个开口那可是压台。我岂敢压台，只能匆匆说了。我说兄弟，下次去你家，羊扣还是我来做……阿兴插嘴道，应该是我做吧。我暗地里掐了他一下。这一掐，话也说完了。

其实阿甫、阿强、阿蒙和阿江并不很熟，他们是通过阿贫牵线搭桥，才和阿江建立了兄弟朋友关系。除了那次吃羊酱，后来还吃了"巴掌鸡"（一只鸡只切成四块，一块像巴掌那么大）。聚餐多了，酒喝多了，彼此也就熟悉了。事实上很多感情、友情，很多义气，都是吃出来的，喝出来的。阿蒙盯着墓碑上的阿江说，和阿云一样，我也引用一句微语与你共勉：人生无须惊天动地，快乐就好；情谊无须花言巧语，想着就好；朋友无须遍及天下，有你就好……阿甫和阿强互相推让。阿强说，你压轴，我压台。阿甫说，压什么轴，阿贫阿明都没表态呢。阿贫回道，我和阿明算主家，免了。阿甫就推了阿强一把，阿强顺势向前迈出一步。他说阿江兄弟，我想跟你谈大事，他们跟你谈小事；我想跟你谈情怀，他们跟你谈红包；我想跟你谈艺术，他们跟你谈吃喝……阿贫、阿明，拿酒拿杯来，我要敬兄弟了……阿贫提醒道，阿甫还没讲呢，讲完了集体一起敬。阿甫却说，我私下跟阿江交流过了。

阿强站在队列的前面，左手抓酒瓶，右手端酒杯，领着我们集体给阿江敬了三杯酒。他转过身来，阿叔上去接过酒瓶和酒杯，也给阿江敬了三杯酒。表面上是对阿江，其实是对我们说：狭路相逢宜回身，往来都是暂时人。

从"凤凰岭憩园"回来，车队直接来到阿江位于城区两条主干道交会处的公司。宴席安排在九层那间空旷的房子里。这个地方，原来阿江想把它搞成一个企业文化园地，展示他的采石场、混凝土公司由小到大、由弱变强的嬗变历程，包括他个人的奋斗历程以及对社会的奉献。那次我们来吃羊酱，阿甫建议他参照奇石博物馆、风炉博物馆、傩面博物馆、道袍博物馆的做法，建一个采石博物馆。过后阿贫准备联系相关专家前来设计的时候，阿江意外身故，这事就搁了下来。后来达妙没再找阿贫重新启动该项目的设计和策划，因为整个混凝土公司，阿叔已收回去了，连同整栋大楼。现在物归原主了，达妙是否还有这方面的考虑，大伙已不再关注。要是还有人关注的话，恐怕只有阿甫了。阿甫确实对博物馆比较感兴趣，尤其是对枪械博物馆很感兴趣。

整个楼层摆了二十几张餐桌，不但阿江的亲属来了，公司的员工也来了。每张餐桌上，摆了一只大簸箕。簸箕里装着各种菜肴，这便是崇山有名的簸箕菜。所谓簸箕菜，就是将各种熟菜全部装到一只簸箕里，取代了原先装着菜肴的碗盘碟等器皿。簸箕菜内容丰富，有白切鸡、白切鸭、白切肚、扣肉、腊味、龙棒、芋头、煎粽等十二道菜以上。

这次阿江"庆生"宴席的簸箕菜，内容更加丰富，除了普通的家常菜以外，还增加了一般宴席很少上的白切羊、羊扣、果狸扣、黄猄扣、卤牛腱、卤牛肚、白灼虾、煎鱼件、蒜蓉扇贝等山珍海味。其中有一道菜，绝大部分宾客连菜名都没听说过，闻所未闻。它叫"似水流年"，也叫"倾国倾城"。这道菜就是红烧鲍鱼，也叫鲍扣。在崇山，宴席上道羊肉已很了不起了。再上海鲜，那就太过分了太奢侈了。再上到鲍鱼，简直是登峰造极。过多的品种，也使得餐桌上的簸箕，比任何一家餐馆的簸箕都大，差不多和普通农家的餐桌一般大了。

阿云悄悄地告诉我们，这是阿叔家里的簸箕。他家的簸箕，是崇山地区最大个儿的。

阿兴倒背着手，绕着二十几张餐桌转了一圈。开始我以为他是在检查卫生状况，看看是不是有苍蝇或其他飞虫飞翔或降落在菜肴上面。作为外科医生的他，对卫生特别讲究。据说阿兴跟夫人牙张哲泽祝过夫妻生活，像一场外科手术一样，要洗四遍手。登台之前洗一次，预演之后洗一次，表演过程中停下来洗一次，谢幕之后再洗一次，洗手时间超过夫妻生活时间的三分之二。牙张哲泽祝对夫君这种偏执症不持态度，见怪不怪。她本身也是医生，是个麻醉师。

阿林否定了我的看法，他说应该不是检查卫生。他应该是去看看每一桌的菜肴是不是一样，是不是每一只簸箕都有鲍鱼扣，抑或只有我们这一桌才有。他以前是医院院长，法人代表，对每个科室每个员工的福利向来一碗水端平，从不厚此薄彼。我们还没得出结论的时候，阿兴已回到原位。他站在那里，朝阿明招了招手：你过来。阿明来到他跟前，他说，簸箕菜不是这样吃的。阿明问，怎么吃？阿兴说，你得每一桌都要放一个电锅。电锅里装满水，通上电把水烧了。然后把簸箕架到电锅上面，这样才能确保每一样菜肴自始至终保持温度。这么冷的天，菜都冻成冰坨了，怎么吃？你吃给我看看，笨卵嘛。直到此时，我们才明白簸箕的功效在这里。簸箕不只是个摆设，做个样子，它承载的是具体而不是抽象的东西。总之，它是实的，不是虚的，不是碗盘之类的器皿所能替代的。

达妙还是没有出现，代表家属给我们敬酒的竟然是阿明。这是谁跟谁啊，本来我们就是一起的。当然，不是一伙，我上百度搜过并比对过。

阿叔跟我们同一桌，一号桌。他不甘心场面冷清，也扮演阿明那样的角色，频频给我们敬酒。敬得最多的当然是阿甫。阿甫居然来者不拒，杯杯见底。我都怀疑，他将阿江坟顶上的那瓶解酒药拿回吃了。

阿叔的酒量这一次我们算是真正地领教了。他不仅专攻阿甫一人，还跟我们每个人连干了三个"小钢炮"。这还不够，他还跟其他每一桌各干了一杯。在返回原位途中，不但身子一点不摇晃，而且身轻如燕。穿过错综复杂的桌椅之间，丝毫没有磕磕碰碰。阿云发出自愧弗如的感叹：厉害！阿兴却不以为然：很多临床表现的前奏，都是豪气冲天，然后一命呜呼。

宴席进行到半时，阿甫不见了。他的离席像电影镜头切换一样流畅自然，观众毫无知觉。宴席接近尾声时，还没见阿甫回来。阿强吩咐阿贫：你给他打个电话，千万不要再出阿江那样的事情。

阿贫打通电话，无人接听。

阿强说，打他爱人呀。

阿贫诧异地望着他：他爱人在哪里？

看来阿强是真的急了，牙健柏去世了都没反应过来。他又提示阿流：你去洗手间看看，他是不是在里面抠喉咙，把酒从肚子里勾出来。

阿流很快回来,说男女洗手间都让员工看了,没见到。

阿兴说了一句,麻烦。一般人说麻烦,无人反应。医生说麻烦,气氛一下子就紧张起来。阿林说不会又要改菜单吧。改菜单,已成为崇山餐桌上的一句警示名言。阿林右手习惯性地伸进衣服里,摸着内袋,像是在找钱夹。阿贫拍打他的手:别这样,习惯成自然不好。他说阿甫不会出事的,他应该临时让某个人约出去了,去见他的新人了。

不会吧,阿强说,牙健柏尸骨未寒啵。

阿甫确实是让人约出去了,此人并不是他的什么新人,是达妙。

达妙在他家楼下等着,见到阿甫,她说,甫哥,我来跟你拿一样东西。

阿甫问,什么东西?

达妙说,那个东西。

阿甫看了她一眼,上楼去了。下楼时,阿甫手上拿着一只大信封,将它交给达妙。大信封里装着一盒录像带,就是吃羊酱那天,大伙在阿江家看过的那盒录像带,后来吃豆腐饭达妙把它交给阿甫。今天吃了簸箕菜后,达妙又拿回去了。

第十九章　斋饭

阿叔从崇山寺下来那天，阿明召集阿贫、阿林、阿云、阿流、阿兴、阿吉、达妙和我，一起到寺里吃了一餐饭。说是吃饭，其实是让我们去迎接阿叔还俗。阿叔到崇山寺待不到一个月就下山了，以至他剃光了的脑袋来不及长出毛发来。不过原本就秃顶一直剃光头的他，看上去就像个慈悲为怀的出家人。

也有人认为，阿叔不是出家，他是逃匿到崇山寺去的。如果阿明不召集大伙来吃这一餐饭，我们都不知道阿叔上崇山寺快一个月了。

阿叔已脱下袈裟，换上黑色的立领装，表情严肃地端坐在一张高背椅子上。立在一旁的崇山寺住持不像是住持，倒像是他的一个马仔。

关于阿叔出家的前后经过，微信群里一直有争议。有的说他的三个弟弟被带走的当天，他就上到了崇山寺。有的说他上到崇山寺的当天，三个弟弟就被带走了。两种说法，时间前后不一。拥有发言权的阿明，这次罕见地没发声。他应该是完全掌握情况的，没发声估计是未曾得到授权。没有争议的是，三个弟弟同时被带走了。这里需要说明一下，曾经被带走或主动投案自首的那个堂弟，后来也像阿叔本人前两次被传唤一样，不久就放回来了，只是时间上多了三四天而已。

三个弟弟被带走那天，崇山县城的人说，过几天又放回来了的。他们就像三只羊，不是送到屠宰场去，而是放牧到山上去，天黑前它们就会回到羊圈里。但这一次情况略有些变化，三个弟弟被带走至今都没有回来。

其实我们并不想去崇山寺吃这餐饭，这不是因为寺庙里吃的是粗茶淡饭，没什么美味佳肴。阿流曾说过，按照动物世界的分类，我们这个团队属于野狼群，捕猎时一般都是全体出动。其实我们不是狼，我们只是长着獠牙的羊。如果说没有美味佳肴是个理由，也是个别人的理由，阿流的理由。我们也不是碍于阿明的面子，无法拒绝。我们之所以爽快地答应阿明的邀约，自然有我们的目的。

答应阿明之前，我们在阿流茶店碰头过。我们的主要目的是，借此机会到崇山寺为阿甫烧它几炷香，祈祷他战胜病魔，早日康复，尽早回归我们中间。我们希望看到奇迹出现，希望所有俗套的祝福都在他身上灵验。一向持信巫不信医，病不可治态度的阿兴，居然也完全支持献香行动。阿强、阿蒙不在崇山，他们的香火分别由阿林和阿云代敬。

和夫人一样，阿甫的问题也是出现在胰腺部位。胰腺这个魔鬼，似乎跟他们夫妻俩杠上了。听阿兴介绍，胰是一个狭长的腺体，横置于腹后壁1—2腰椎体平面，质地柔软，呈灰红色。胰腺的功能主要有两部分，包括外分泌功能和内分泌功能。外分泌功能主要是分泌胰液。胰液包括胰蛋白酶、胰脂肪酶、胰淀粉酶等。这些酶主要负责食物的消化，把到肠子里面的食物消化、分解成人体能吸收的养分，然后通过小肠把它吸收到人体内。内分泌功能会分泌很多激素，可以分泌人体的胰岛素等。胰腺是一个很特别的器官，同时兼有内分泌和外分泌的双重职能，类似于某些部门或某些职位具有双重职责。胰腺癌的发病年龄以40—65岁多见，男性高于女性。起病隐匿，初发病时没有特殊症状。阿甫起初也只是感到上腹部有些不适，偶有隐痛，以为是喝酒喝多了的缘故，并不把它当一回事。有一天晚上我们聚餐时，阿兴用专业的口气对阿甫说，你明显瘦了，有必要去详细检查一下。阿甫坚持认为他没什么特殊的感觉，他只是夜里睡不好觉。这段时间以来，考虑问题太多，严重失眠。大伙就看他的眼睛，果然黑眼圈很明显。

　　阿甫后来还是去检查治疗了，先是去了桂城，接着进到京城。进到京城后，刚开始他还跟阿强、阿蒙有些联系，不久就彻底地跟我们失联了。他离开崇山很匆忙，哪天离开我们都不知道，他没跟我们任何一个打招呼。以往他回桂城，都会在群里说一句，暂别两天，回头再聚。

　　打开朋友圈，阿甫发的最后一条微信是一组凤凰岭的照片。照片一共九张，表面上看都是风景，其实后面三张一看就知道是凤凰岭憩园二区的墓地。之前还不能算是墓地，自从阿江第一个入驻后就成为墓地了。能看出是墓地的，也只有我们这几个兄弟，当然琨老他们自然也会看得出。阿甫在这组照片的留言是：我走到语言的尽头，听懂了鸟的鸣叫；我走到颜色的尽头，看清了花的本质；我走到生命的尽头，梦见了初生的婴儿；我走到爱的尽头，遇见了母亲。阿贫告诉我们，这几句话是诺贝尔文学奖得主、著名作家莫言献给母亲的诗。但阿甫在朋友圈并未指出来。阿甫自己还有一行评论：我们犹豫不决不去碰的东西，似乎往往正是拯救我们自己的关键。这个评论云里雾里的，我们没几个能领悟真正的含义。

阿甫离开崇山的前夜，和阿叔有过一宿的长谈。后来，崇山人称之为"甫叔夜谈"。有说是阿甫主动去找阿叔谈，有说是阿叔约阿甫过去谈。有一个不可否定的事实是，阿明开车接阿甫到阿叔家去。两人从当晚八点，一直谈到次日早上八点，整整谈了十二个小时。

谈到最后，阿叔对阿甫说，我晓得这二十多年来，你一直不放过我。我送给你养老院房子、帮你处理牙健柏后事、送给你"凤凰岭憩园"墓地，你还是不放过我。我把阿吉抵押给我的房产、把他的女人还给了他；我把阿江抵押的公司，原封不动地还给了达妙，你还是不放过我；我把自己的楼盘，低价移交给政府做易地扶贫搬迁安置点；把当年征收的土地，转让给政府作为招商引资项目用地，你仍然还是不放过我。你到底想搞什么名堂？你让我倾家荡产了还不够，还要把我置于死地？你这样一搞，不是搞我一个人，是要牵连一帮人的；你这样一搞，不是搞我一个家族，是要搞掉一帮家族的。你到底想怎么样！

阿甫说，我没想怎么样，我只让你把那支枪交出来。

阿叔说，好吧。

他从屋里捧出一只精致的盒子，从盒子里拿出一支左轮手枪，递给阿甫。

阿甫接过手枪，对准阿叔。

第十九章 斋饭

阿叔往后一缩，阿甫扣动扳机，枪口冒出一缕火苗。阿甫拿起一支烟，用枪口的火苗，点燃了烟。

吸了两口，阿甫挤熄手里的烟蒂。放下手枪式打火机，一言不发地离开阿叔的家。

但是，阿兴否定了"甫叔夜谈"。他认为这只是传闻。他说阿甫离开崇山的前夜，是和他在一起的。和阿甫谈了一宿的人，是他而不是阿叔。谈论的话题，自然是他的胰腺问题。阿兴说他也听到了这个传闻，为此他专门跟阿明核实过，阿明否定那晚他开车接阿甫到阿叔家去。

阿兴认为，有一种迹象倒是很值得研判，是不是阿叔确认阿甫离开崇山了，身患绝症了，才决定从崇山寺下来？

然而阿兴的否定，也让阿云跟着否定了，变成了否定之否定。

阿云说，阿甫离开崇山的前夜，可以肯定和你在一起。可是前夜的前夜呢，还有前夜的前夜的前夜呢！

天！我听得晕头转向。

佛堂里庄严肃穆，我们几个逐一献上香火。我们都是在心中默念一番之后，才将香火插入香炉，像小时候过生日时的许愿。只是不为自己许愿，是替阿甫许愿。阿云敬了自己的香火后，代表阿蒙献香，没有默念，而是从裤袋里掏出一张小纸条，放到香炉里烧了。我们都好奇，都想知道小纸条上到底写了什么，可是它已化为灰烬。当阿林也拿出同样一张小纸条时，阿兴一把抢了过来，只见小纸条上写道：我们看到真相却一言不发之时，便是我们走向死亡之日。阿贫挤过来要拿小纸条,阿林接过它丢进了香炉。

阿贫说,我想知道落款是哪个人的名字。

阿林说,反正不是阿强的名字。

从佛堂返回来,阿叔还纹丝不动地坐在那里。见到他面前多了一张餐桌,这才意识到这个地方原来是斋堂。说明阿叔见过我们后就一直坐在斋堂这里,一直坐到现在。可能他一起床就坐到现在了,一直等着我们吃这餐饭。他的眼睛一直盯着餐桌,餐桌上摆满了各式各样的菜肴,有白切鸡、烧鸭、烤鹅、红烧鱼、红烧扣肉、红烧排骨……阿流小声嘀咕道,寺庙不是吃素吗?怎么上了荤菜!

阿云提醒他,你看仔细一点,都是用面粉和豆腐制作的,上了颜色而已,快把口水咽回去。

阿流还是不服:吃素就吃素,干吗还要做得五花八门,做得这么诱人。明明独身居家,墙上的画偏偏是成双成对的。明明身住净土,心里却念念不忘尘世,还是放不下嘛。

嗯嗯!阿叔鼻孔里哼了两声,显然阿流的话他听见了。

阿流也嗯嗯地回应了两声,他是在暗示阿叔,同时期盼奇迹有可能出现。阿流连早餐都要吃肉的:猪杂老友粉、猪肝瘦肉粉、马肉粉、驴肉粉……任何一种米粉的名称,"肉"字都是在"粉"的前面。阿流在橱窗等候的过程中,常常提醒服务员:粉可以多,肉不能少。而且他一周的早餐中,有两天早餐肉特别多,量特别大,是生榨米粉+双边肠+黄喉+隔山+里脊。生榨米粉后面的这四个"+","+"的都是肉。晚餐自然少不得肉,宵夜他吃的是烤肉。中餐可以简单点,炒肥肉是一定要有的。当时正是中餐,满桌别说一块肥肉,就是一块真肉也没有，你叫阿流情何以堪。

和阿流一样，阿叔的眼睛也一直盯着餐桌上的菜肴。不过他的心思不在菜肴上，他是看着菜肴思考别的问题。他对阿流的心思完全了解，他说，我比你还馋呢，我都二十多天没闻荤腥味了。

阿流说，那你躲到寺里来干什么？他说的是"躲"，而不是"出家"。

阿叔没有正面回应，而是说，你不会少一餐肉就闹情绪吧。

阿流说，我也可以和你一样，二十多天不吃肉，就是对一句话不是很理解。

阿叔问，哪句话？

阿流说，酒肉穿肠过，佛祖心中留。

阿叔说，你只在意这句，别忘了后面还有一句：世人若学我，如同进魔道。

阿流说，所以你要下山了。

阿云说，不是下山，是东山再起。

阿叔瞥了阿云一眼，虽不露声色，但那神情似乎对这句话很受用。

阿吉和达妙一左一右，照顾阿叔用餐。一个盛饭，一个舀汤，看上去就像他家里过去的仆人。

阿叔突然问道，刚才你们献香了？

阿流说，那当然，来这里不献香那不白来了。

阿叔说昨夜他看朋友圈，有一条微信写得很有意思：有一天，你辉煌了，一定要有好身体，才能享受人生。有一天，你落魄了，还得有个好身体，才能东山再起。健康不是第一，而是唯一。

　　按照阿叔的意思，我们献香的目的是为了身体健康。这确实没错，不过我们这次上崇山寺属于"一事一议"，即只议一事，只为祝愿阿甫恢复健康。

　　阿明借机将阿叔的话题延伸，延伸到我们的身上：我说你们呀，不合理的少关心，想不通的少思量，看不惯的少过问。过去是挣钱吃饭，退休了是吃饭挣钱。只要你们还能吃饭，政府就得发钱。你们若不吃了，钱也就没用了……阿叔走到阿明跟前，突然扬起巴掌，狠狠地扇在他的脸上。阿明捂着脸，惊恐不安地望着阿叔。血慢条斯理地从他的嘴角流出来。这一巴掌异常迅猛，防不胜防。距离阿明最近的阿流，感受到了强烈的震感。他有些不知所措，嘴里蹦出一句：常威，你还说你不会武功。

第二十章 小年饭

　　异常暖和的天气，让人感觉春天已经来临。其实再过七天，就到春节了。小年这天，阿叔在家里忙碌。他换了一块新的神龛，相当于给列祖列宗置了一套新房。阿叔家中原先的神龛，是用崇山的坚木做的。坚木的品质和色泽纹路以及价格都超过很多品种的红木，可是阿叔一直想换上黄花梨。黄花梨也找到了，却一直没拿去刻制。原因是木头条状黑色素带过于明显，让他对那块黄花梨的品种产生了怀疑。真正的黄花梨，是没有黑色或深褐色的条状黑色素带的。直到终于弄来正宗的越南黄花梨，阿叔才拿去刻制成为新的神龛。按照崇山的风俗，小年这天家家户户要打扫灶台，擦拭神龛，清理香炉灰烬，阿叔家也不例外。阿叔顺便利用这一天，安上新的神龛，乔迁列祖列宗。说是易地搬迁也行，这段时间以来"易地扶贫搬迁"这个词语，天天就挂在阿叔的嘴上。不过"扶贫"一词是挂不上的，阿叔的祖宗哪用扶贫，历代都是富甲一方。

　　阿叔家里，宾朋满座。阿叔通过阿吉给我们发了邀请。之前阿叔的邀请多是阿明负责转达，崇山寺那一巴掌后，转达人变成了阿吉。阿强、阿林、阿云回桂城过小年，缺席了。我自然要到场。几天前，我已正式受聘为阿叔新开张的酒店主厨。阿兴来主要是当我的助手，配合我的后勤工作，尽管我们经常转换角色。阿流也来了，有老茅的宴席自然少不了他。阿贫他本来是不想来的，但阿叔请他写了神龛上的字，他要来校对一遍。现在神龛上的字都是电脑刻上去的，哪还需要人来写！阿叔偏偏就要阿贫写。他说神龛本身就是一种文化，孝道文化，传统文化，只有人写上去的字才算文化。阿流说他，字都刻好了，你还校什么对！亏你还写小说，编个谎言都有硬伤。

小年饭阿叔定的菜谱是，白切鸡、白切鸭、白切羊、猪扣、羊扣、果狸扣、腊猪蹄、白灼虾、姜葱蟹、粉丝贵妃螺、红烧鲤鱼、红烧鲍鱼等十二道菜。既有千叟宴上的"硬菜"，又有阿江"庆生"宴席簸箕菜的"豪华版"。若是没有阿兴的协助，单独我一个人是难以完成的。

良辰到，在宾客的见证下，原先坚木做的神龛被取下来，搁到一边。黄花梨神龛被抬起来，扣到墙壁上的钉扣。神龛下的八仙桌，摆满猪头皮、烤香猪以及粽子、水果、月饼等。

黄花梨神龛立上了，列祖列宗的牌位刻上了，不等于列祖列宗自然驾临。还得请道士来，由道士出面邀请各路大神。在各路大神的引领下，列祖列宗方能各就各位。

道士还是那位黑帽黑衣的道士，就是在"凤凰岭憩园"墓地为阿江"庆生"的那位道士。他可不是普通的道士，是阿叔的专职道士。除了专职风水师、专职道士，阿叔还有专职相面师、专职理疗师等几位专职大师。黑帽黑衣道士端坐神龛前，手捧唱本，像拿着手机与神界语音通话：本宅着安龛堂，着装香火，礼拜公仆，礼敬先祖。奉请东方十一金轮赵大元帅、南方忽火雷霆邓大元帅、西方五昱灵官马大元帅、北方护国武安关大元帅……不知道这四位大元帅回话没有，不知道他们让黑帽黑衣道士请来了没有，反正门口那里出现了四位不速之客。

阿明上前招呼，你们是……

来客中的一位说，我们是市里来的，你们有事先忙，不着急，忙完了再讲。

黑帽黑衣道士边念经边观察来客，凭感觉这四位客人，不是一般的客人。有两位客人的右手，一直放在西服左内侧里，那是随时掏出一样东西出来的姿势。道士没见过多少世面，小时候却看了不少电影。电影里客人这样的姿势太多了，印象特别深刻。他匆匆收尾。也不是收尾，是中断活路了，手忙脚乱地捡拾地上的法器。法器中有一把匕首，在他行业属于法器之一。到了客人那里，却是管制刀具，要不得的。

阿叔拿着烟从储藏室出来，他发现八仙桌上的供品少了香烟。这怎么行，他的爷爷是吸烟的，吸的是旱烟。现在时代不一样了，要给爷爷享受一下烤烟，极品香烟。阿叔不吸烟，却不缺名烟。看到四位来客，阿叔一怔愣，一种从未有过的感觉顿即笼罩全身。这是一种惊恐的感觉。

他的手一阵发抖，他想撕开香烟盒，把烟递给客人，可是手抖得厉害，怎么撕也撕不开。紧接着他浑身筛糠似的发抖，他那长满肥肉的腮帮剧烈地颤动，好一阵子他才平静下来。他本想向客人问个好，却唠唠叨叨地变成了埋怨：神龛不是换了吗？正宗的越南黄花梨啵，怎么都不帮讲一句话呢？都不保佑一下呢？

估计黑帽黑衣道士平生头一次遇到这样的场面，第一次遇到这么大的压力，心里本来就窝火，听到阿叔这句话就更窝火。他说，列祖列宗也有用人失察的时候。他背起布包头也不回地出门去了。

不速之客是来自市里的警察，见到阿叔家里正在做法事，就很有礼貌地站在一旁耐心等候。直到见那道士自觉退场，这才给阿叔出示证件。这回他们递给阿叔并让他签字的不再是传唤书，而是逮捕证。

阿叔签完字后呆坐在神龛下的椅子上，那是家里老人做"补粮"仪式时坐的位子。以后他也会坐在这张椅子上，接受儿女的孝敬，不过这样的仪式，怕是不会再有了。他的嘴唇嗫嚅着：不能过了小年再走吗？

一位个头盖过阿叔的胖警察说，里头也有年过。

阿叔说，总得吃了午饭才走吧，今天可是小年。

胖警察说，午饭里头也有安排，顶多晚一点，但不至于是晚餐。

好吧！阿叔双手撑着椅子的扶手站起来：我去拿几件替换的衣服。两位警察跟着他上楼去。前两次都是他自己去拿的行李袋，这次情况发生了变化，自由不再失而复得。

阿叔拎着行李袋，站在胖警察的前面。

胖警察盯着他，摇了摇头。

阿叔咧着嘴笑着，也摇了摇头。

胖警察说，你还有一样东西没拿下来。

阿叔说，什么东西？

胖警察说，你自己懂的。

阿叔说，我真不懂。

胖警察说，你自己拿下来和我上去拿下来，性质完全不一样。

阿叔立在那里，手上的行李袋啪嗒一声掉到地上。他转身重新上楼去，两位警察紧跟在他身后。

从楼上下来时，阿叔双手捧着一只小皮箱，像捧着一件祖传的宝物。胖警察上去接过小皮箱，搁到地上，打开，从箱子里拿起一只棕色的皮盒，皮盒上系着皮带子。胖警察从口袋里掏出两只白色手套，戴上，从皮盒里抽出一支手枪。他右手握着那支手枪，端详良久，比画着，然后退出弹匣，拉动枪机，一番检验后将手枪装回皮盒，再放入小皮箱。

我心想，这就是阿甫念念不忘的当年那支顶着他后脑勺的手枪吧。

警察把阿叔带上车时，阿明从后门溜出去。他先给阿弟打电话，阿弟再给阿继打电话。阿继电话一直忙音。当时，阿继的手机有个陌生号码打进来。

老岑吗？我老苏呀。

阿继问，哪位老苏？

电话里说，有色集团的老苏啊。

阿继说，哦，是吗！

老苏说，我就在你的地盘上，怎么样？一起吃个午饭吧。

阿继在脑子里快速搜索有色集团高层可以随时随地跟他通话的人，有李总、李总、李总、陈总、黄总、陆总，六个老总，偏偏就是没有姓苏的老总。小把戏！阿继心里骂了一句，想跟我老岑玩这一套，你还嫩得很。阿继挂电话后，就按了阻止此来电号码。按了阻止此来电号码是没有用的,除非他把手机扔了。扔了手机也是没有用的,除非他从地球上消失了。

阿继自己从宿舍区开车出来,他住的是领导干部房。来到办公大楼前,他从车上下来,在那块刻有"为人民服务"的挡墙前徘徊。徘徊了一下又上车,往老家开去。

路上,他给他父亲打电话,叫父亲杀一只鸡供到神龛下,他要去一个很远的地方办事。他特别叮嘱父亲,杀一只阉鸡,肥一点的。父亲说,鸡肯定要杀,肯定要供奉祖先的。今天是小年,正在做年饭等你呢。你又要出差吗?唉,真是够忙的了,小年饭都不得吃。父亲八十二岁,身体硬朗,性格开朗,时常发出爽朗的笑声。父亲不知道,这鸡是儿子在路上吃的,是儿子在路上的小年饭。小年这天,崇山家家户户都要摆宴席。没有阿叔家那么多的"硬菜",也少不得七荤八素。可是儿子吃一只鸡就够了,而且要供到神龛前才能吃。父亲更不知道,儿子这次要去一个很远很远的地方。这辈子儿子去过最远的地方,是耶路撒冷。这次去的这个地方,比耶路撒冷远多了。有多远呢,十万八千里,也可能不止,只有去过的人才知道。有一句说,回不去的是故乡,到不了的是远方。那么去了再也不回来的地方是什么地方呢?同样,也只有去过的人才知道。

进到村子,阿继才发现有一辆车一直跟在后面,不紧不慢地。其实这辆车上午就跟着他了,只是进了村子他才发现。

在老家祖屋门前,他停住车,那辆车也停了下来。他从车上下来,那辆车也下来了三个人。他没进家门,而是朝一个斜坡走去,越走越快,那三个人也跟在后面。他一路小跑起来,读大学时他跑过110米栏。他一提速,轻而易举就把那三个人远远地抛在后面。他跑到一栋正处于建筑保养阶段的小楼前，这是他早已锁定的目标。他一口气上到三楼楼顶，居高临下或者高高在上地俯视那三个人。楼下那三个人气喘如牛。

老苏朝他喊道，老岑，你别干傻事！

阿继嘤嘤地哭泣：我怎么落到了这个地步？啊！怎么落到了这个地步！

老苏说，我上去跟你谈谈好吗？

你别上来！阿继哭喊道。

老苏说，好，我不上去，那你下来我们谈谈好吗？

阿继说，还有什么可谈的，没有什么可谈了，我只有死路一条。

老苏说，老岑，你这样一跳了，你考虑过家人如何面对，如何承受吗？

阿继说，我有五兄弟，少了我一个，不影响为老父亲抬棺。

老苏说，那你也要为小余着想呀，她年纪轻轻的。

小余是阿继的二夫人。

现场寂静下来。有几个村民经过小楼前面，见到楼顶的阿继和楼下那三人。以为是阿继在现场办公，给他的部下布置工作，很知趣且很有礼貌地绕过去了。

老苏说，你下来吧，我们好好谈。

阿继说，不谈了，我都交代好了，都安排好了。

从县城回老家的路上，他给父亲打了电话后，给小余发了一条微信：我走我的路，你过你的桥，拜托你抚养好我们的孩子。然后就关了手机。他不知道小余看了微信后当即昏厥，此刻正在桂城医科大附属医院病房里呢。

老苏从包里拿出一样像是仪器的东西来,捣鼓一番后,它就长出了长长的三条腿来。老苏将它的三条腿分开立在地上,弯下腰身瞄准对面的楼房。

阿继摆了摆手:你不用拍照的。

老苏也摆了摆手:我不是拍照的。这是测量仪器,我在测量房子的高度。他说老岑,我告诉你啊,这楼只有十一点九九米高。这么一点高度,你跳下来绝对不会死的,只会摔断你的腿。何必呢,下来算了吧。

老苏摆设的那个东西,实际上是搞摄影的人常用的三脚架,但他说成了测量仪器。正是他报出楼层的虚拟高度,彻底打消了阿继跳楼的念头。

阿继自己从楼上下来,他的脸上竟然挂着笑容,是那种无奈的苦笑。老苏亲自站在还没有装上护栏的楼梯间迎接他,扶着他走下最后一级台阶,像迎接走下舷梯的特殊乘客。老苏对他的笑容给予充分的肯定:世上最美的,莫过于从泪水中挣脱出来的那个微笑。

第二十一章　营养套餐

春节前三天，大伙相约聚集阿流家，吃一餐团圆饭。开年后，"阿流家宴群"的宴席，要停火一段时间，甚至可能不再聚餐了，原因是群里的主要成员即将各奔东西或分道扬镳。阿流要到伊犁去居住。视频里长着两撇胡子的哈萨克族亲家，每次总说同一片林子里的狼总会相遇的。这一次他们这两匹狼，一匹南方的狼，一匹北方的狼，终于要在新疆这片大林子里相遇了。阿强他们几个将常驻桂城。他们的孙子孙女开春上幼儿园了。从此以后接送小朋友的重任，落在了他们披着夕阳的肩膀上。阿贫将离开崇山，到某高校去当特聘教授。我呢，情况和阿强他们几个大抵相同，又稍微复杂或矛盾一些。三个外孙艾弗森、詹姆斯和安东尼开春后也分别要上大中小三个班幼儿园。光靠达东一个人，力量或人手明显不足。这边呢，阿叔是进去了，但酒店正常运营，这让我这个酒店大厨有些犹豫不决。不是我舍不得三十万年薪，是酒店确实还找不到像我这样的大厨。在崇山，给大领导煮过饭的厨师，毕竟没几个。但是，达东的一句话，让我乖乖地辞职前往羊城。只有小学文化的达东，竟然引用这样一句名言：识时务者为俊杰。我知道她的用意。我的全名叫韦俊杰，前提是要识时务。

以前每次设在阿流家里的宴席，阿明总是最先来到，最先品尝。今晚这餐团圆饭他缺席了。同样缺席的，还有发明"改菜单"的阿弟。他们两个不只是被群主阿流纯洁出了"阿流家宴群"，他们还进到那里面去了。阿弟是被带走的，从会场被带走，整个大礼堂的人都见了。阿明主动投案自首。起初他拿不定主意。不是犹豫自不自首，而是到底是去检察院自首，还是去纪委自首，他无法确定。他平时很少关心时事政治，不晓得纪委监察机关和检察院已做了改革。他经常挂在嘴上的一句话是，关我鸟事嘛。他习惯性地拿出一副扑克牌来，通过摸牌来决断。摸对大鬼去纪委，摸对小鬼去检察院。结果他像以往一样亮牌时，亮出了大鬼。主动去纪委交代问题那天，他拖着两只拉杆箱。一只白色的，一只黑色的。白色的装着衣物，黑色的装着现金，当然是赃物。

大伙嚷着要吃一餐大领导的饭，要我按照当年给大领导做的标准来做，即当年大领导来崇山吃什么，他们就吃什么，让他们也享受一下大领导的待遇。阿强说这辈子当不了大领导，享受一餐大领导的饭总可以吧。阿贫说这有什么呢，千叟宴过去是清廷官员才能吃上，今天普普通通的移民群众都可以吃上了。提到千叟宴，难免牵扯到阿叔。扯着扯着，就扯到了阿叔被逮捕的那天。

阿蒙问，那天你们哪个看到了那把枪？

阿贫说，我们几个都看到了。

阿蒙问，什么枪？

阿流说，手枪。

阿蒙说，肯定是手枪，我问的是什么手枪？

我们几个在场的，没有哪个回答，也回答不出。当时，我们也是匆匆看了几眼。至于什么手枪，我们也看不出来。

阿蒙又问，是驳壳枪吗？

阿贫摇了摇头，他说，驳壳枪我能看得出。

阿蒙再问，是左轮手枪吗？

当时距离胖警察最近的阿流，也摇了摇头，他也不知道是什么手枪。

阿强说，我替他们回答吧，是"王八盒子"。

阿流说，你都不在场，怎么晓得是"王八盒子"？

阿强说，枪送到省厅荣哥那里了。专家鉴定是南部十四式手枪，国人称"王八盒子"。

阿流说，"王八盒子"？没听说过。

阿强说，不懂就上网搜呀，你们手上不都拿着手机吗。

阿兴率先亮出一张手枪图片，照着文字念道："王八盒子"其实就是"十四年"式手枪，是日本军队上个世纪三十年代配发的制式武器。该枪枪长23厘米，枪重900克，装弹数8发，有效射程60米，最大射程800米。阿兴那天正忙着切肉，他一手油腻从厨房出来时，警察已带阿叔走向车门，他在现场没看到枪。

阿流自言自语：王八？盒子？

阿强说，这枪装在一只皮盒里，那皮盒像个乌龟，你当时就没仔细看？

阿流没仔细看，我倒是仔细看了。但没想象到那只皮盒，像只乌龟。阿贫有想象力，他竟然也没想象出来。

阿强说，阿叔交代了，这支"王八盒子"是他爷爷私藏下来的。抗战时期，他爷爷当过日军翻译官。阿贫说，这个史料我懂。电影《崇山风云》里那个头戴礼帽、穿着马褂、脚蹬皮靴的翻译官，原型就是他爷爷。阿强说，可是你让他背驳壳枪是不对的，翻译官哪有背驳壳枪的！阿贫说，那是章导不晓得他爷爷曾经佩戴过这支"王八盒子"，所以给他的道具是驳壳枪。

阿流说，阿甫之前的判断也有错误。他认定是一把左轮手枪，而且是什么美制柯尔特左轮手枪。

阿强不同意阿流的说法，他说不能说成错误，只能说是误差。"王八盒子"的枪管和左轮手枪的枪管一样细小，顶在后脑勺的感觉是一样的，何况他当时没看到枪。他能判断出是真枪，就很了不起了。要是我们，一个也判断不出来。

临时助手矿老板端上水果拼盘，有龙眼、西瓜、柚子、柑橘等。阿林牙齿过敏似的倒吸一声：菜没上先上水果了。按常规是宴席吃到最后才上水果，那是提示客人菜上完了。这个常规我当然懂，只是我和阿兴既要做饭，又要参与关于枪的讨论，烹饪的进度有些缓慢。担心大伙饿了，就先上了水果。我知道阿林不怎么爱吃水果，顶多吃点菠萝。他跟在矿老板身后，进到厨房来找杯子。他说吃这些酸不溜秋的果子，还不如喝一杯红酒。矿老板告诉他，好像晚餐没安排酒水。

大伙继续谈论"王八盒子"。阿流说，阿甫念念不忘这支手枪，最后他还是没能看到……阿强的手机响起来，一看来电显示，他的食指立即像一根筷子竖在唇前，又嘘了一声。大伙一看，知道是荣哥来电话了。阿强一脸兴奋：荣哥，很久没见了啵，自从那次吃玉米煎饼到现在……阿强用手捂住话筒说，荣哥让我们跟一个人通话。他按下免提，改用普通话问候：您好！

那边立即传来一口地道的崇山方言：讲什么鸟不懂（普通）话咧。

是阿甫！

大伙立即争着跟阿甫通话，阿流眼疾手快抢先拿到手机：捕快啊……一开口竟哽咽了：你现在好吧？

阿甫说，谢谢阿流哥！我很好。

阿甫说话的声音以及音量一点没变，像以前一样洪亮，有钢声，根本不像是个病人。

阿云抢过手机，问道，你到底病还是没病？

阿甫说，人吃五谷，哪个没病！现在没病，以后老了也会病。

阿贫问道，你不会以治病为掩护办案去了吧？

阿甫说，莫要乱讲！

手机重新回到阿强的手上，他说，你现在到底在哪里？

阿甫说，我在北京三十二环。

阿流嘀咕：北京三十二环？北京哪有三十二环啊！

挂了电话，阿强说，阿甫就在桂城。

阿流说，他不是讲在北京吗？

阿强说，完全可以确认在桂城，而且跟荣哥在一起。

我记得阿甫在一次宴席上，讲过"北京三十二环"的故事。他说有一个男的为了讨好女友，说给她在北京三十二环买了一套房子。女友听了很高兴就到北京去。下了飞机，男友接她上了的士，一路风尘仆仆返回到桂城，出现在一个小区里。男友说，这就是北京三十二环。

阿流进厨房来催促：饭还没得吗？

我回答他：差不多了。

等饭期间，大伙埋头看手机。一群人聚集在一起，只看手机不聊天是当今中国现实生活中的一道风景。我们"阿流家宴群"的群员，也不例外。我们"阿流家宴群"群员还有个特点，大伙喜欢在群里转发各种各样的信息、网络流行语和人生格言。阿林当即就转发一条：当我们人到六十，发现似乎又到了一个告别的阶段。那些主宰我们几十年的圈子，又要重新洗牌，以便让我们余生能够安享清福。阿云接着又转发一条：人来到这个世上，总会有许多的不如意，也有许多的不公平；会有许多的失落，也有许多的羡慕。你羡慕我的自由，我羡慕你的约束；你羡慕我的车，我羡慕你的房；你羡慕我的工作，我羡慕你每天总有休息时间。重要的不是羡慕，而是找到自己的欢喜，活成连自己也羡慕的样子。阿流说这些都是没有荤腥味的清汤寡水，转发那么多做什么，不如来点干货。我这个群主，率先垂范，给大家发个过年红包吧，祝各位新春大吉大利。阿强说，我也发一个。他埋头摆弄手机半天，一下说账号不对，一下又说密码不正确，好久才将一个红包发出。达妙、阿吉、阿超、"青衫不改旧人还"在十秒之内抢完了红包，我们一个都没有抢到。五百块钱的红包，个数阿强竟然只点了四个。不知是按错了，还是故意只发给他们四位。阿流问道，"青衫不改旧人还"是哪位群友？阿强说，看了昵称你都不懂，是苗月。

上菜了，我给每人端上一个托盘。每个托盘上面有一碗小米粥、两只老面馒头、一只煎鸡蛋、一碟蒜蓉炒上海青、一碗鱼头豆腐汤。众人接过托盘，面面相觑，噤若寒蝉。阿流喃喃地问，这就是当年大领导的套餐吗？我说是的，这就是当年大领导和夫人及随同人员在崇山县府招待所的晚餐。